黑骏马

HEI JUNMA

沈石溪 主编

[英] 安娜·塞维尔 著
田艳芳 译

新世纪出版社
·广州·

图书在版编目（CIP）数据

黑骏马 / 沈石溪主编；(英) 安娜·塞维尔著；田艳芳译. — 广州：新世纪出版社, 2022.4（2024.2 重印）
（沈石溪挚爱动物小说系列）
ISBN 978-7-5583-2827-5

I.①黑… II.①沈… ②安… ③田… III.①儿童小说–长篇小说–英国–近代 IV.①I561.84

中国版本图书馆CIP数据核字(2021)第024442号

黑骏马
HEI JUNMA

出 版 人：陈少波
责任编辑：秦文剑　黄翱先　许祎玥
责任校对：毛　娟　黄鸿生
责任技编：王　维
插　　画：吉春鸣

出版发行：南方传媒 新世纪出版社
（广州市越秀区大沙头四马路12号2号楼）
经　　销：全国新华书店
印　　刷：河北鹏润印刷有限公司
规　　格：880 mm×1230 mm　开　本：32开
印　　张：7.875　字　数：145千
版　　次：2022年4月第1版　印　次：2024年2月第2次印刷
定　　价：28.00元

质量监督电话：020-83797655　购书咨询电话：020-83781537

人类与动物的心灵对话

随着人们的环保意识日益觉醒，随着中小学生课外阅读蔚然成风，描写大自然和野生动物的文学作品在国内图书市场悄然走红，尤其动物小说，更成为近几年出版界的热门品种。无论是从国外引进的动物小说，还是国内原创的动物小说，都在书店柜台的醒目位置占有一席之地。品种繁多，琳琅满目，蔚为大观。

繁荣景象背后，也出现一些乱象。有些动物小说创作的后起之秀，为了让自己的作品更加吸引读者眼球，把缺口和准星瞄准人性与兽性冲突这个靶心。人性与兽性，是人类进化必须要面对的问题，也是社会文明进程永恒的话题。从这个意义上说，写动物小说，围绕人性与兽性，是一种很讨巧的做法，既有深度又有广度，具有无限丰富的内涵和无限广阔的外延。但同时也必须注意到，因为描写兽性容易使作品出彩，有些作家会自觉或不自觉地渲染兽性，进而赏玩兽性，给作品涂抹太浓的血腥气和太恐怖的暴力色彩。从本质上说，儿童文学是爱的文学，是闪耀人性光辉的文学，是传播正能量的文学。任何关于兽性的描写，无论是人身上的兽性描写，还是动物身上的兽性描写，只能是必要的衬托和对照，用兽性来衬托人性，用黑暗来对照光明。人性永远是第一位的，光明永远是第一位的。我赞赏很多作家围绕人性与兽性来结构故事、创作动物小说，我自己的很多作品其实也着眼于人性与兽性这个主题，但我还是想说，在描写人性与兽性的冲突时，可以轻微摩擦、合理冲撞，只有注意分寸、讲究适度，才能让自己的作品立于永久不败之地。

　　动物小说创作还有一个突出的问题，就是在描写人与动物的关系时，作者往往愤世嫉俗，咒骂人类的贪婪无耻，以动物的保护神自居，以揭露人类身上的丑陋为己任，所以很多作品，包括许多很有影响的经典动物小说，都带有暴戾之气，嘲讽人类、挖苦人类、鞭笞人类，把人类社会当作黑暗的地狱，把大自然、动物世界当作光明的天堂。作者看起来就像挥舞斧头的战将，不由分说一路砍将过去，要为可怜的动物们杀开一条血路。文风当然非常犀利，对肆意破坏环境、屠杀野生动物致使生态日益恶化的人类来说，不啻一剂警醒的猛药。但杀鬼的战将，自己的面目也难免狰狞。这类作品，缺乏宁静美，少了一点雍容华贵的大家风范。

我更欣赏东方民族的智慧，平和豁达，从容儒雅，不走极端。我更钦佩这样的动物小说：中庸宁静、慈悲为怀、大爱无言、大爱无疆，既关爱动物也关爱人类，既欣赏野生动物身上的自然美和野性美，也欣赏人类社会的人文美和人性美。动物很美丽，人类也美丽。对一切生灵，都投以温柔眼光，都施以爱的抚慰，采取理解包容的态度。少一些人与动物的激烈对抗，少一些善与恶、美与丑、爱与恨的激烈对抗，少一些血淋淋的暴力场面，因为人与动物不是水火不能相容的两极，而理应建立相濡以沫、共生共荣的和谐生态圈。

世界原本就不应该有这么多喧嚣、杀戮和仇恨。世界原本就应该宁静、平和、充满爱的阳光。每一种生命，包括人类，包括美丽的野生动物，都应该有尊严地在我们这颗蔚蓝色星球继续生存下去。

这就需要对话。以对话代替战争，以和平代替杀戮，以平等代替歧视，以温柔代替粗暴，以尊重代替仇恨。通过对话建立大自然新秩序：人与动物和谐共存。

优秀的动物小说，就是人类与动物的心灵对话。

从事动物小说创作的作家，无论中国作家还是外国作家，每一位都应该是大自然的守护者，都应该是动物福利的代言人。阅读动物小说，应该让人真切感受到作家对生命的敬畏和对动物的尊重，应该让人真切感受到另类生灵的美丽与灵性。这既是艺术的享受，也是精神的洗礼和灵魂的升华。从而让我们的心灵变得更柔软，让我们的感情变得更丰富，让我们的视野变得更开阔，让我们的生活变得更美好。

这一次，磨铁图书联合新世纪出版社，隆重推出《沈石溪挚爱动物小说系列》，为青少年读者打造了一套优质的动物小说书系，可以说是一件非常有意义的事情。一套书在手，尽览天下优秀动物小说之精华。相信这套书投放市场后，一定能受到广大读者欢迎。

是为序。

沈石溪

2018年12月17日写于上海梅陇书房

目录
CONTENTS

PART 1

我的早年家园	1
猎杀	5
我的调教	9
波特维克庄园	15
良好开端	19
自由	24
姜蛰	25
姜蛰的故事（续）	31
美兰格的故事	36
果园里的对话	39
直言不讳	46
可怕的暴风雨	50

魔鬼的标记	55
詹姆士·霍华德	58
老马夫	62
马房失火	66
约翰·曼利的教导	72
深夜求医	77
只因无知	82
乔·格林	85
送别	89

PART 2

伯爵府	93
争取自由	98
安妮小姐和一匹脱缰的马	102
鲁本·史密斯	111
厄运降临	115

每况愈下　　　　　　　119

短租马和驾车人　　　　123

伦敦佬　　　　　　　　127

窃粮贼　　　　　　　　135

十足的小人　　　　　　139

PART 3

马市　　　　　　　　　144

伦敦出租马　　　　　　150

老战马　　　　　　　　155

杰瑞·巴克　　　　　　161

礼拜天的出租马车　　　169

黄金准则　　　　　　　176

多莉和一个真正的绅士　181

穷人山姆　　　　　　　186

姜蜇的悲惨下场　　　　191

肉店老板　　　　　　　　　　195

选举　　　　　　　　　　　　199

患难见真情　　　　　　　　　201

老"上尉"和他的接班马　　　207

杰瑞的新年　　　　　　　　　212

PART 4

杰克斯和一位心地善良的夫人　221

艰苦岁月　　　　　　　　　　226

农夫萨罗德和他的孙子威利　　231

我的晚年家园　　　　　　　　236

PART 1

我的早年家园

我能清楚记得的第一个住所是一片广阔宜人的牧场，里面有一池清澈见底的湖水。湖岸上一些郁郁葱葱的树木朝湖面倾斜，深水区那边长着灯芯草和水仙花。从树篱一边望出去是一片耕作过的农田，从另一边望出去是主人家房子的大门，主人家就在路边上。牧场的小坡上是一片杉树林，在牧场低洼处，一条小溪沿着陡岸潺潺流淌。

小时候我吃妈妈的奶，因为我还不会吃草。白天我在妈妈身边撒欢儿，晚上依偎着妈妈睡觉。天热了我们经常站在池边的杉树荫下纳凉，天气转冷树林边有个温暖舒适的小棚子可以避寒。

我长大了，会吃草了，妈妈就经常日间下地干活，晚上才回家。

黑骏马

除我以外，牧场上还有六匹马驹，年纪都比我大，有的快赶上成年的大马那样高了。我总是和他们欢快地奔跑，绕着牧场一圈一圈地跑，直到精疲力竭。但有时我们也玩一些粗暴的游戏，我们不光爱跑也经常又咬又踢。

有一天，我们正混在一起乱踢一通，妈妈轻轻地把我叫到跟前叮嘱我："希望你好好听我的话，住在附近的马都很好，但都是拉车的马，因此他们缺乏修养。你出身名门，又有良好的教养。你父亲在这一带是个大人物，你祖父曾两度在'纽马克特'赛马比赛中拿到冠军，你祖母又是我所见过最温驯的马，我呢，想必你从未见过我咬人或踢人吧？我希望你长大成为一匹有风度的良马，小跑的时候脚蹄抬高，即使在嬉戏时也不准踢咬人。"

妈妈的叮咛我从未忘记。我认为她是一匹睿智的老马，主人很看重她。她的名字叫"公爵夫人"，可主人总是喊她"伙计"。

主人很温和善良，总是让我们吃好、住好，从来不骂我们，和我们讲话就像是对待自己的小孩子一样。因而我们都喜欢他，妈妈更是打心底里爱他。每当主人出现在大门口，妈妈就会咴儿咴儿叫着奔跑过去。主人会拍打、轻抚着妈妈,对她说:"老伙计,你那黑小子怎么样?"我的皮毛深黑,所以他管我叫"黑小子"。然后他会给我一块上好的面包,有时他会给妈妈带一根萝卜。其他马也会走向他,但我认为他是最爱我们的。赶集那天,总是妈妈拉着双轮轻便的马车载他去城里。

有一个耕田的男孩叫迪克,他有时从树篱跳进我家牧场来摘草莓吃。每当他吃饱了就会过来拿我们寻开心,他向我们扔石头、木棍,让我们飞奔。我们倒不太介意,跑开就好了,但有时会被石头击中砸伤。

有一天迪克又在恶作剧,没看到主人就在隔壁的农田里盯着他。主人一个箭步跳过树篱,抓住迪克的胳膊,狠狠打了他一个耳光。他又疼又吃惊,嗷嗷地号起来。我们跑近前来看到底发生了什么。

"坏小子!"主人骂道,"你敢撵马驹!这不是第一次、第二次,而是最后一次!滚!拿上你的钱走人!我的农场不留你!"之后我再没见过迪克。老丹尼尔呢,也就是照顾马的人,他和主人一样温和,所以我们真是走大运了。

猎杀

在我还不到两岁时发生了一件事，令我至今难忘。那是早春时节，夜里降了霜，早晨树林里和牧场上薄雾缭绕。我和别的小马驹正在田野的低洼处吃草，突然听见从远处传来犬吠的声音。那匹最大的马驹抬起头，竖起耳朵，仔细聆听，"是猎犬！"他一边喊，一边往牧场小坡飞奔，我们也跟了上去。到了那儿，我们便可以看到树篱外面广阔的田野。我的妈妈和主人的一匹老坐骑一直站在小坡上，他们似乎知道事情的来龙去脉。妈妈说："猎犬们在追一只野兔，如果他们朝这边跑过来，我们就会看到这场猎杀。"

话音刚落，猎犬们便俯冲进了旁边的那块麦苗地。我从来没有听过那样的叫喊声。吼、咆哮、哀号这样的字眼都不足以形容，那像是一种扯着嗓门儿发出的"哟！哟，嗷，嗷！哟！哟，嗷，嗷！"的声音。紧接着，一队骑马的人尾随他们而来，有的穿着绿色骑装，全都策马全速奔跑着。主人的老坐骑喷着鼻息热切地望着他们的背影。我们这些小马驹都想跟着一起跑，但是，转眼间，他们就跑进了田野低洼处。这时，他们好像站住了，猎犬也不叫了，一个个用鼻子嗅着地面，朝各个方向跑开。

那匹老马说："他们闻不到气味了，这下，说不定兔子可以逃脱了。"

"哪只兔子？"我问。

"哦！我不确定，很可能是从咱家树林里跑出来的野兔。任何一只兔子，只要被猎犬和猎手们发现，都会成为他们捕杀的对象。"不久，那群猎狗又开始"哟！哟，嗷，嗷！"地叫起来，然后，他们向我们这边全速返回，径直冲向我家牧场边上那道悬在小溪陡岸上的树篱。

妈妈说："马上就要看见那只野兔了！"就在这时，一只惊恐万状的野兔飞奔而过，没命地向我们这边的小树林逃窜。猎犬们紧追不舍，箭一般射出河岸，跃过溪流，带领着猎手们冲进牧场。七八个人纵马越过小溪，紧跟着那些猎犬。那只野兔本来想从树篱钻出去逃命，但是树篱太密了。于是，她迅速转弯，想夺路而逃，但已经来不及了。那群猎犬狂叫着扑倒了她。她发出一声惨叫，然后就毙命了。一名猎手骑马上前，用马鞭驱散了猎犬，要不然那群猎犬转眼工夫会把野兔撕成碎片。他拎起野兔那条被撕得血淋淋的腿，向同伴们展示战果，同伴们无不颔首称赞。

我被这一切吓呆了，竟然没有注意到小溪旁发生的事儿。而当我回过神来定睛一看时，那儿已是一幅凄惨的景象：两匹上等好马摔倒了，一匹在水里挣扎，另一匹在草地上呻吟。一名猎手正从水里爬起来，满身都是污泥，而另一名年轻的猎手却躺在地上，一动不动。

"他的脖子摔断了。"妈妈说。

"活该！"一匹小马驹接住话茬说道。

这话正说到我的心坎儿上了，可是妈妈却并不赞同。

"孩子，别那么说。"她说，"我活到这么大年纪，听得多，见得也多了，但是，我也一直想不通人们为什么如此痴迷于捕猎。他们不但经常自己受伤，而且还常常毁掉好马，糟蹋耕地，而这一切仅仅是为了一只野兔、一只狐狸或是一只驯鹿。这些东西完全可以通过别的方法轻而易举地获得，他们又何必这样劳民伤财呢？但我们毕竟只是马，马又怎么能理解人的想法呢？"

我们站在那儿，一边听着妈妈说话，一边看着周围。好多猎手已经走到那个年轻人旁边，不过，是我的主人第一个上前抱起他的，因为他始终都在密切关注发生的一切。那个年轻人的头向后耷拉着，两只胳膊软塌塌地垂下来。围过来的人们表情都很严肃，现场鸦雀无声。猎犬们似乎也看出情况不妙，一声不发。人们把他抬进我的主人家。后来，我听说他是乡绅的独子，名叫乔治·戈登，是一个高大英俊的小伙子，也是他们家的骄傲。

于是，人们骑马分头行动，请医生的请医生，找马医的找马医。无疑，还有人去戈登先生家报信，把他儿子出事的消息告诉他。马医邦德先生来了，他对那匹躺在草地上呻吟的黑马进行了通身检查，然后连连摇头。那匹黑马摔断了一条腿。随后，有人跑到我的主人家里拿了杆枪。不久，我们便听到一声刺耳的枪响和一声可怕的嘶叫。然后，那匹黑马就不再动弹了，一切都归于平静。

妈妈看起来心都碎了。她说她与那匹黑马相识很多年了，知道他名叫罗布·罗伊。他是一匹好马，没有任何恶习。从此以后，妈妈再也不愿意去到那片土地了。

几天后，我们听到教堂里传来久久的钟声，那钟声沉重而又缓慢。从大门望出去，我们看到一辆长长的奇怪的黑色四轮马车，上面盖着黑布，由几匹黑色大马拉着，后面跟着一辆又一辆的马车，全部都是黑色的。教堂的钟声依旧沉重而缓慢。马车拉着年轻的戈登去往墓地安葬。他永远不能再骑马了。至于人们是怎么安置罗布·罗伊的，我不得而知。但是，我知道这一切仅仅是为了一只野兔。

我的调教

我一天天变得英俊起来。我的皮毛很顺滑，又黑又亮。我有一只白蹄子，额头上还有一颗白星，漂亮极了。人们都觉得我很俊美。主人打算等我四岁了再把我卖掉。他说小男孩不用像大人一样干活，小马驹也不用像成年马一样干活。

我四岁那年，戈登先生来看我。他仔细地检查了我的眼睛、嘴巴和四条腿。接着，他让我走路、慢跑、快跑，让我一一进行展示。最后，他和颜悦色地对主人说道："这匹马要好好调教一下，他一定会很出色的。"我的主人答应戈登先生他会亲自调教我，因为他舍不得让我受到惊吓或者受到伤害。他言出必行，第二天就着手调教了。

大家可能不知道什么是调教，不妨让我来描述一下吧。调教就是让马学会戴马鞍、笼头，学会驮大人、小孩，学会安安分分地走路，学会对主人言听计从。除此之外，他还得学会戴颈圈、牵鞍尾带、肚带，而且在戴上时他要站稳，然后被套上拉货车或双人轻便马车，这样，无论他是行走还是慢跑，都会拉动后面的马车一起前进。他走快还是走慢，得完全听凭车夫的意思。他绝不能看见什么东西就一惊一乍，也不能与别的马说话，不能踢或咬，不能随心所欲，就算他极其饥饿疲惫，也只能按照主人的意愿做事。不过，最糟糕的是，他一旦戴上马具，就既不能在高兴的时候跳跃，也不能在疲惫的时候躺下。大家明白所谓调教是怎样的一件事儿了吧。

当然，我过了很久才习惯戴上笼头，被人牵着在田间小路上规规矩矩地遛弯儿。可是，现在我又得戴嚼子和缰绳了。我的主人像往常一样给我喂些燕麦，哄了我好一阵子之后，把嚼子插进我嘴里，然后用缰绳牢牢拴住。这真是一件令人讨厌的事儿！那些从未含过嚼子的马绝对想象不到那种糟糕的滋味。

一根像成人手指那么粗的既冰冷而又坚硬的铁棒,使劲插在我的上下牙床之间,压在舌头上,两端露在嘴角外面,然后由位于我头顶上、喉咙边、鼻子旁、下巴上的皮带紧紧捆绑。这样一来,我无论如何都甩不掉这个可恶的东西。多么令人讨厌啊!至少我讨厌它。不过,我知道妈妈外出时总是戴着它,而且生而为马,成年后就都得戴。所以,这样想,我就会宽慰一些,而且再想到美味的燕麦,主人的爱抚、夸赞和善待,我下定决心必须学会戴嚼子和缰绳。

接下来,我要学习戴马鞍了,这一项比较轻松。老丹尼尔托着我的头,我的主人轻轻地把马鞍放在我背上。随后,他一边和我聊天,一边轻轻地拍着我并把我的肚带系紧。接着,他给我喂燕麦,然后拉我随便走走。如此日复一日,直到我主动寻求燕麦和马鞍。一天早晨,主人终于骑到我背上,在牧场的嫩草地上遛了几圈。当然,那种感觉有些奇怪,但是我不得不说,能驮着主人,我很自豪。之后,他每天骑我一会儿,很快我也就适应了。

下一件令人讨厌的事是钉马掌。一开始,我同样感觉很痛苦。主人亲自领我去了铁匠铺,以确保我不受伤害,也不会被惊吓。铁匠一只一只抬起我的蹄子，托在手上为我剪掉一些硬趾。那并不疼，所以我用三只脚站稳，静静地等他修剪完毕。随后，他拿来一块蹄形的铁，扣在我蹄子上，用钉子钉牢。这样一来，我的四只脚既沉重又僵硬，但是，很快我便习惯了。

对我的调教进展得很迅速。主人紧接着训练我戴别的马具，我还有更多的新东西要戴。首先，我的脖子上要戴一个既僵硬又沉重的颈圈，笼头两侧贴着眼睛的地方要挂上两片大大的挡眼罩。可真不愧是挡眼罩，因为戴上它之后，我就看不到两边，而只能看到正前方。然后，我要领教的是有尾带的小马鞍，我讨厌尾带。所谓尾带，是指一根坚硬的皮带子，它正好兜在我的尾巴根下，把我那长长的尾巴撩起来，那种感觉和咬嚼子一样，糟糕透了。我难受极了，真想踢人。当然，我不能踢这样一位好主人。所以，我还是尽快适应了，然后像妈妈一样好好干活。

有一项训练我一定得提一提，因为我认为它让我受益匪浅。我的主人送我到附近的一个农场主那儿待了两个星期，他家的牧场有一边紧挨着铁路。牧场里有些绵羊和奶牛，我与他们共度了两周时光。

我永远忘不了第一次看到火车飞驰而过的情景。我正在铁路边上的篱笆旁静静地吃草，这时，我听到远处传来一阵怪响——咔嗒、咔嗒的疾驰声交织着噗噗的喷气声。我正纳闷这是哪里来的声音时，一辆长长的黑色火车急速驶过，等我回过神来它已经不见了。我转身拼命往牧场另一边跑去。然后，我站在那里，又吃惊又害怕地喘着粗气。一日之内，又有许多火车经过，有些跑得很慢。这些火车都在附近的车站停下来，有时它们停车前还发出嘎吱嘎吱的尖叫声。我被吓坏了，不过，奶牛们倒是泰然自若地吃着草，纵然黑怪物经过时噗噗地冒气，嘎吱嘎吱地尖叫，她们连头也不抬一下。

一连几天，我都不能踏实地吃草。但是，我慢慢发现这个大怪物从来不会跑到田野里来，也不会伤害我们，所以，我渐渐地对它没那么在意了。没过多久，我也能像绵羊和奶牛们一样，对经过的火车视而不见了。

打那以后，我见过许多马，他们一看到蒸汽机或听到它的声音就焦躁不安。每当此时，我打心眼儿里感激我家主人。正是他的考虑周全，才让我在火车站旁如同在马厩里一样泰然自若。

因此，如果有人想要驯服一匹幼马，就该遵循这样的方法。

主人经常把我和妈妈套在一起，因为妈妈很稳重，她能教会我怎样比别的新手马走得更好。她告诉我，马表现越好，得到的待遇就越好，所以，尽力做到令人满意通常是最明智的。接着，她话锋一转，说道："但是，人性各有不同，有的人像我们的主人那样善良体贴，为这样的人效力，任何一匹马都会感到自豪。而有的人阴险残忍，他们根本不配拥有自己的马或狗。此外，还有一些愚蠢的人，他们虚荣、无知、冷漠，从来不用大脑思考。因为缺乏常识，他们用一匹马就毁掉一匹马。尽管他们不是故意的，但是他们会那样做。我希望你遇到好主人，但是，马从来不会知道谁来买他或骑他。对我们来说，那全凭机缘巧合。不过，我还是忠告你，不论在哪儿都要尽力而为，维护好自己的声誉。"

波特维克庄园

这段时间，我总是站在马厩里。我的皮毛每天都被刷得油光可鉴，像秃鼻乌鸦的翅膀一样。五月初的一天，戈登先生派人来接我，那人把我拉到门厅。我的主人说："再见了，黑小子！好好表现，好好干！"我无法说出"再见"，就把鼻子放到他的手里。他温和地拍拍我，送我离开家园。接下来我在戈登先生家住了些年，我不妨讲讲那儿的事。

戈登先生的庄园在波特维克村的边上。它由一扇大铁门进入，门旁边是第一个门房，然后，沿着两侧长满参天古树的平坦马路一路小跑，走到另一扇门和第二个门房处，穿过这扇门，就到了房屋和花园。外面是他家的牧场以及古老的果园和马厩，那里可以容纳许多匹马，停放好多辆马车。但是我只描述分配给我的马厩。那儿非常宽敞，里面有四个上好的畜栏，还有一扇朝向院子敞开的外推窗，这使得整个马厩既舒适又通风。

第一个畜栏很大，呈正方形，后面有个木门可以关上。其他三个都是普通畜栏，尽管也不错，但没有第一个那么宽敞。

第一个畜栏里面有个喂干草的矮架和一个喂谷物的矮槽。人们把这个叫"自由畜栏",意思是里面住的马不用拴,可以自由自在、随心所欲地活动。能住上"自由畜栏"可是件了不得的大事。

马夫把我牵到这个上好的"自由畜栏",里面干净、舒适又通风。这是我住过的最好的地方,它的围栏不太高,抬头刚好可以看到铁栏杆的外面。

马夫喂我美味的燕麦,还拍拍我,和我闲聊一会儿,然后才离开。

我吃完燕麦开始环顾四周,只见一匹敦实的小灰马站在隔壁畜栏里。他鬃毛浓密,尾巴粗大,模样俊俏,鼻子可爱。

我把下巴支在铁栏杆上,向隔壁小灰马打招呼:"你好!你叫什么名字?"

他尽可能绷紧缰绳转过身子,抬头回答道:"我叫美兰格,我长得还不错。有时我驮着那些年轻的小姐出去溜达,有时还会拉敞篷马车带女主人外出。她们很看中我,詹姆士也一样。你要住我隔壁吗?"

我说:"是的。"

他说:"那好。我希望你脾气不要太坏,我可不喜欢咬人的家伙住在隔壁。"

就在这时,住在美兰格另外一边畜栏的马探出头,向我们这边张望。只见她耳朵往后倒,眼神看上去很不耐烦。这是一匹高大的栗色母马,脖子颀长而美丽。她把目光转向我,说道:"这么说,是你把我赶出我的畜栏的。你这个小子凭什么占领我原来的地盘?这可真奇怪啊。"

我说:"真抱歉!我并没有这样的意图,是带我来的那个人把我留在这儿,我一点也不知情。至于您叫我'小子',我澄清一下,我四岁了,已经长大了。我从未和任何公马或母马争吵过,我希望我们能够相处融洽。"

"那好吧,"她说,"我们相处看看。当然,我也不想和你这么个小东西吵架。"我没再说什么。

下午,那匹母马出去了,美兰格跟我说了她的事情。

"事情是这样的,"美兰格说道,"姜蛰有咬人和踢人的坏习惯,所以人们管她叫'姜蛰'。当初她住在'自由畜栏'时,经常乱咬乱踢。有一天她咬了詹姆士的胳膊,都咬出了血,所以,尽管弗罗拉小姐和杰斯小姐喜欢我,但是她们都不敢到马厩里来。她们过去总带美食给我，比如一个苹果、一根胡萝卜或是一片面包什么的。但是自从姜蜇住这儿后，她们再也不敢进来了。我非常想念她们，希望你不要咬不要踢，她们也许会回来。"

我向他保证，除了青草、干草、谷物之外，我什么也不咬，也想象不到姜蜇咬人有什么乐趣。

美兰格说："嗯！我倒不觉得她咬人是一种乐趣，我觉得只是一种坏习惯而已。她说没有一个人曾善待过她，咬了又何妨？当然，咬人是不好的，不过如果她说的话都是真的，她来这之前一定受到过严重的虐待。约翰尽心照料她，想让她高兴，詹姆士也一样。主人呢，只要马规规矩矩，他也从不会用鞭子。所以，我觉得她在这儿也许会改掉坏脾气。"美兰格一副充满智慧的样子说道，"你看，我活了十二年，见多识广，可以这么和你说，对于一匹马来说，十里八乡没有比这儿更好的去处了。约翰当马夫再合适不过，他来这儿已经十四年了。你也从没见过詹姆士这么善良的好男孩。所以，姜蜇没能继续待在'自由畜栏'里，全是她自找的。"

良好开端

马车夫名叫约翰·曼利,他带着妻子和小孩住在马厩旁边的小屋里。

第二天早上,他把我拉到院子里,给我好好梳洗一番,让我的皮毛看起来既柔亮又顺滑。当我正要走进畜栏时,戈登先生来了,他对我的外表似乎挺满意。他对约翰说:"我本来打算今早试试这匹新马,但是我有别的事儿。你可以早饭后带他出去遛遛,沿着公共草地和乔木林那边过去,再顺着水磨坊和小河回来,这样就可以看出他的步伐好坏。"

约翰说:"好的。"早饭后,他来给我调试佩戴笼头。为了让我的脑袋感觉舒适,他在为我绑皮带时一丝不苟,不论是抽出来还是塞进去,都小心翼翼的。随后,他拿来马鞍,但是马鞍不够宽,放不到我背上。他马上发现问题,又去换了一个大小正合适的。他骑上我,开始慢走,随后疾走,接着小跑。当我们踏上公共草地时,他用鞭子轻轻抽我一下,我就开始奔跑,真是酣畅淋漓。

"嘀,嘀!"他让我停下,然后兴奋地说,"伙计!我想你会喜欢跟着猎狗捕猎的。"

我们穿过庄园往回走的时候,遇见了戈登先生和夫人在散步。他们停下脚步,约翰也跳下马。

"喂,约翰,马跑得怎么样?"

约翰回答:"先生,他简直是一流的!他行动时像鹿一样敏捷,精神也很好。只要勒勒缰绳,他就听话。在公共草地的尽头,一辆运货马车迎面过来,上面挂满了竹筐、毯子之类的东西,而他只是瞥一眼,然后便尽可能镇定自若地继续往前走了。要是换作一般的马,遇到这种情况可不会这么平静。有人在乔木林附近打兔子,一杆枪就在我们旁边走火。他只是稍稍停了一下,看一看,并没有吓得左右来回踱步。我都没有做别的,只是抓紧缰绳。我看,他小时候一定没被惊吓或者被虐待过。"

先生说:"太棒了!我明天就亲自体验一下。"

第二天,我被带去见主人。我时刻铭记妈妈和好心的老主人对我的叮咛,要严格按照主人的意愿去做事。我发现他是个不错的骑手,对马很体贴。当他骑着我回家时,戈登夫人站在大厅门口等他。

她问:"亲爱的,你觉得这匹马怎么样?"

他回答:"他完全像约翰所说的那样。我对他非常满意。给他取什么名字呢?"

"'黑檀木'怎么样?他的皮毛像极了黑檀木。"

"不好,不要叫'黑檀木'。"

"要不叫他'黑雀'——你叔叔那匹老马的名字?"

"不行,他远比'黑雀'英俊得多。"

"是啊,他的确是匹骏马,有一张如此甜美、和蔼的脸庞,还有一双如此漂亮、聪颖的眼睛。叫他'黑骏马'怎么样?"

"'黑骏马'!太好了!我认为这是一个很好的名字。如果你喜欢,就叫他'黑骏马'。"于是,我的名字就这样定了。

约翰走进马厩,告诉詹姆士,主人和夫人已经给我取了一个既好听又贴切的名字,而且寓意深远,远比马伦戈、佩加索斯或者阿布杜拉之类的名字好。他们说着大笑起来,詹姆士又说:"要不是怕谈及往事伤心,我倒想叫它罗布·罗伊,他俩实在太像了。"

约翰说:"你说得没错。难道你不知道,牧场主格雷家的'公爵夫人'是他俩共同的妈妈吗?"

这是我第一次听说这件事。这么说上次打猎时,丧命的可怜的罗布·罗伊是我兄弟,我这才明白妈妈为什么会心碎了。马似乎没有亲人,至少他们被卖掉以后就互不相识了。

约翰似乎很为我骄傲。他经常梳洗我的鬃毛和尾巴,让它们看起来和女人的头发一样光滑。他还经常和我聊天,当然我听不懂,不过我对他的想法和意愿理解得越来越多。他十分温和善良,我越来越爱他。他好像对马的感觉理解得恰到好处,他清理我的皮毛时知道哪儿怕痛、哪儿怕痒。在为我刷头的时候,他将刷子小心翼翼地绕开我的眼睛,绝对不会让我感觉到任何不适。

那个叫詹姆士·霍华德的小马夫,也用自己的方式尽可能温和愉快地待我,所以我认为自己真是太幸福了。院子里还有一个帮忙的人,但是他不怎么管我和姜蛰的事。又过了几天,我和姜蛰一起拉着马车出去。我还担心她不好相处呢。可事实上,她表现很好,只是在我靠她太近时才会把耳朵向后翻。她干活很实诚,很卖力,我认为她是拉双驾马车最理想的搭档。我们开始爬山时,她不但没放慢脚步,反而把全部力量集中到颈圈上，使劲往上拉。我们两个干活时一样卖力，所以约翰时不时得拉紧缰绳，让我们放慢速度，很少需要催赶我们前进。他根本不需要用鞭子。我俩步调一致，小跑的时候我很容易就能跟上她的步伐，愉快极了。主人很喜欢我们配合默契，约翰也是。一起出去两三次之后，我们就亲密起来，这让我找到了家的感觉。

至于美兰格，他很快和我成为至交。他快乐、勇敢、温和，人人都喜欢他，尤其是杰斯小姐和弗罗拉小姐，她们经常骑着他逛果园，跟他和她们那只小狗弗里斯基一起玩耍嬉戏。

主人在别的马厩还养了两匹马。一匹叫贾斯汀，他是黑白杂色，矮壮敦实，作骑乘之用，或被用来拖拉行李。另一匹是棕色老猎马，名叫奥利弗爵士。老猎马已经过了干活的年纪，不过主人格外喜欢他，经常骑着他遛公园。他有时在庄园里干点轻便的活儿，或者驮着一位小姐同她父亲一起外出。因为他非常温驯，所以像美兰格一样，能得到孩子的信任。贾斯汀体格强壮、匀称，脾气很好，有时我和他在小牧场里会随便聊聊。不过，我们两个终究不可能像我和姜蜇一样亲密，毕竟我和姜蜇站在同一个马厩里。

自由

我在新家过得十分愉快,如果我说怀念过去的某个东西,你可千万别认为我对现状不满意。周围的所有人都很好,马厩透气敞亮,食料优质充足,我还有什么不知足呢?对,除了失去自由!在我出生后的三年半里,我从不缺自由。可现在,周而复始,年复一年,除了出去干活,我必须没日没夜地站在马厩里待着。干活的时候,我必须像成年老马一样步履稳健、默不作声。我的全身上下都是绑带,嘴里衔着嚼子,头上挂着眼罩。我不是抱怨,因为我知道本该如此。我只是想说,对于一匹血气方刚的壮年马,习惯了在一望无垠的田野、草原上撒欢儿奔跑、摇头摆尾,遇着朋友喷喷鼻息打个招呼——我说,如果一点自由都没有,也太煎熬了吧。有时,如果常规训练减少,我会感觉暴躁压抑。约翰遛我时,我实在按捺不住情绪,想跳、想踢、想跑,刚开始的时候,这种情况一定让约翰头疼不已,但他总是心平气和、不怒不嗔。"别急,别急,伙计,"他会说,"等会儿,随你怎么活蹦乱跳,让你玩过瘾。"一旦我们离开村庄,他会让我尽情奔跑。返回时我就元气满满，浑身轻松自在。血气旺的马，精力要是不能得到充分释放，人们就会误以为他脾气暴躁，而事实上，他只是在发泄。遇到这种情况，有的马倌对马拳打脚踢，但约翰不会；他清楚这只是血气旺而已。约翰和我交流自有一套，语气或轻或重，勒缰时紧时松。如果他较真、坚持，我会从他声音得知，这比什么都管用，因为我很喜欢他。

说实话，我们有时可以得到数小时自由，通常是在夏季的某个晴朗的礼拜天。这样的天气时，主人不需要我们拉车，走着去教堂都很近。去围场或果园溜达，是给我们最大的福利了：青草踩上去凉爽松软，空气闻起来清新甜美，自由自在的感觉真是令人心旷神怡——撒欢儿、打滚儿、享受美食、攀谈，在大栗树树荫下我们消磨着这份闲适。

姜蜇

有一天，我和姜蜇在树荫下乘凉，彼此聊了许多。她很想知道我的成长经历和调教过程，我向她和盘托出。"唉！"她说,"要是我有你那样的成长环境,我也许会和你一样脾气温和,可这再也不可能了。"

"怎么会呢?"我问。

她回答:"因为我的遭遇和你完全不同。从没有一个人善待过我,没有一匹马喜欢我,我也不屑于讨好他们。在我出生的地方,我刚断奶没多久就和妈妈分开,和一群小马驹住在一起。他们对我漠不关心,我也对他们不屑一顾。我没有遇到哪怕一个像你主人那样的人来爱惜我、安慰我、奖励我。我的马倌从没对我说过好听的话。我不是说他虐待我,而是说,除了在乎我们的饥饱和冷暖之外,他别的什么都不管。我家牧场里有条小路,过路的半大小子经常扔石头来驱赶我们。我倒没受过伤,不过有个不错的伙伴被砸伤了脸,你知道这会留下永久的伤疤啊。我们可以不理睬这些半大小子,只是他们的行为让我们更狂野,让我们打心里对人怀有敌意。在这广阔的牧场里我们玩得很开心,可以自由奔跑,可以纵情嬉闹,玩累了就在树荫下纳凉。

"可好景不长,不久调教开始了,我简直度日如年!几个壮汉来抓我,直到把我围堵在牧场一隅,其中一个壮汉一把抓住我前额的皮毛，另一壮汉扭住我的鼻子，我动不了，感觉要窒息了。这时又来一壮汉硬抓住我的下巴，掰开我的嘴，使劲把嚼子和缰绳装好；然后一个壮汉在前头拉缰绳拽我，一个在后头用鞭子抽打我，这就是我初次领教的'人的善良'，说白了就是暴力。他们从不会让你明白他们要干什么。我出身高贵、血气方刚、桀骜不驯，我敢说我让他们很头疼。这都不算最坏的，接下来要面对的是日复一日的关禁闭，没有自由，这让我焦躁不安、垂头丧气，总想挣脱。你也知道，就算遇到一个像你家主人那样细致体贴的，调教的过程也很难熬，更别说我遇人不淑了。

"我本以为老主人瑞德先生会马上来救我，亲自调教我，可他竟然把所有艰巨的任务都推给他儿子和一个驯马老手，他只是偶尔来看看。瑞德的儿子是个高大威猛的壮汉，叫萨姆森，常常炫耀自己驯马从未失手。他没有一丝像他父亲一样的温厚，而是苛刻冷酷、说话严厉、眼神凶恶、双手粗硬。我的第一感觉就是，他想耗尽我的傲气，把我调教成一匹沉默、自卑、顺从的'行尸走肉'。没错，就是这样！他就想这样。"姜蜇气得直跺脚，似乎往事不堪回首。她接着说："如果我没按照他的意思去做，他会怒火中烧，逼我拖着长长的缰绳，在驯马场里不停跑，一圈接着一圈，直到我筋疲力尽。我觉得他酒量很大，而且我确信他越喝酒，我就越倒霉。有一天，他变着法儿把我驯到疲惫不堪，当我卧倒时已经筋疲力尽了，我感到悲惨、愤怒、不公。第二天一大早他又来了，又逼我跑了很久。还没等我喘口气，他又拿来马鞍、笼头和一个新嚼子。我一点也不明白这是要干什么，他纵身骑到我背上。接下来，只要我惹怒他，他就用缰绳使劲打我。新嚼子扎得我钻心地痛，我猛地跳起来，他更生气了，开始用鞭子抽打我。我对他恨得咬牙切齿，便开始乱踢乱咬、暴跳如雷，与他展开激烈对抗。他久久贴坐在马鞍上，用鞭子、马刺残忍地惩罚我，这倒激起我所有的斗志，只要能逃跑，我无所顾忌。最终，经过一场惨烈的搏斗，我把他摔了个四脚朝天。只听他重重地跌到草地上，我头也不回迅速跑到田野的另一边，然后转头看到他缓慢地从地上爬起，走进马厩。我站在橡树下眺望，没人来抓我。我就这样等着，太阳炙热地烤着我，苍蝇嗡嗡地飞过来，吸吮着我肚皮上的血。我饿极了，因为我从早上就一直没进食，牧场上草木凋零，连一只鹅都喂不饱。我想卧倒休息，可拴马鞍的带子紧紧勒着我的肚皮，难受极了，我连一滴水也没的喝。太阳低沉，傍晚逼近时，我看着其他马驹归槽，心里想他们一定可以美餐一顿吧。

"终于，太阳落山时，我看到老主人拿着一个筛子出来了。他是一位头发花白的老绅士，就是在嘈杂环境里我也能听出他的声音：不高不低、浑厚清脆、充满善意。每当他发出命令，声音稳重而又坚定，不论是人还是马都会服从。他默默走过来，不时筛一下筛子里的燕麦，声音欢快而温和地对我说：'来，姑娘，过来，走过来。'我没动，等他过来。他捧着燕麦喂我，我毫不犹豫地吃起来，他的声音驱散了我所有的恐惧。他站在我身旁，轻轻地拍打、抚摸我，看到我肚子两边的血凝块时，他似乎很愤怒：'可怜的姑娘！亏待你了！'然后，他默默拉我回马厩，在门口正好碰见萨姆森。我两耳直竖，躁动不安。主人对萨姆森说：'闪开，让路！瞧你白天对她做了什么！'他咆哮似的骂儿子是个邪恶的畜生，'你听着，脾气坏的人很难驯出温和的马。萨姆森，你还差得远哪！'说完，他拉我走进畜栏，亲手解下马鞍和笼头，拴好我。然后叫人打来一桶热水，拿来一块海绵。

《黑骏马》

"他脱下衣服,让马倌端着水桶,用海绵耐心地为我擦洗伤口,他如此轻柔,我想他一定清楚我有多疼吧。'哇哦!美人!站稳了。'他的声音似乎可以治愈伤口,我很享受这个过程。我嘴角的皮肉破了,干草的硬梗扎得没法吃。他认真检查后直摇头,让马倌去取麦麸粥,里边拌点饭,味道好极了,而且吃起来非常柔软、不伤嘴。我吃的时候,他一直站一旁,一边轻轻抚摸我,一边和马倌聊天。'像这样心高气傲的马,如果不能用好的方法调教,它会一直和你对抗下去。'

"之后主人常来看我,当我的嘴伤愈合了,一个叫杰布的驯马师接手继续调教我,他沉稳持重,思虑周全,我很快与他配合默契起来。"

姜蛰的故事(续)

我和姜蛰在围场里第二次单独相处的时候,她给我讲了她早年的家园。

她说:"我被驯服后,一个马贩子买下我,让我和一匹栗色马搭档拉车。我们一起拉了几个星期的车之后,一位上流社会的绅士买走我们,带我们去了伦敦。我拉车时马贩子用缰绳指挥,这真是令人深恶痛绝。到了伦敦,主人和马车夫会把缰绳勒得更紧,只是为了让我们看上去更时髦。我们经常套车在公园和一些上流社会场合游弋。如果你从没佩戴过控缰,你根本想不到它有多可恶,我讲给你听。

"我喜欢向上甩头,然后高傲地仰着,但你想想,如果你甩起头,然后被迫一连几个小时这样仰着,一动不能动。一旦戴上控缰,头只能高不能低,脖子的酸痛让你忍无可忍。除此之外,我得戴两个异常锋利的嚼子,舌头和下巴频频受伤,嘴唇因不停摩擦而发炎,血混着白沫从嘴角溢出。最糟糕的是,我必须这样一连站上几个小时,等那些在酒池舞林里寻欢作乐的女主人。只要我稍不耐烦地跺跺脚,鞭子马上就会抽过来,那真要把我逼疯了。"

我问:"难道你的主人一点也不替你着想吗?"

"不会!"她回答,"他只在乎外表光鲜。我觉得他压根不懂马,他完全听信马车夫的,而马车夫告诉他我很易怒,不听话,应该进一步调教。这个马车夫根本不配做驯马人,因为每当我又累又惨地回到马棚，他非但没有温和地安抚我，反而打骂我。要是他能文明一点，我会尽力去忍受。我愿意干活，也乐意卖力，但是因为主人的怪癖，让我无辜忍受折磨，太荒谬了。他们有什么权利那样虐待我？除了嘴和脖子的疼痛，长时间勒紧缰绳让我呼吸困难，仰头站太久让我感觉要窒息，我变得更加暴躁不安、情绪失控。只要有人碰我，我就踢他咬他，马倌因此总是鞭打我。有一天，他们刚套上马车，用缰绳勒紧我的头时，我就开始拼命踢人、暴跳如雷。很快我甩掉了身上所有的马具，因此，我被赶出了那个地方。

"他们拉我去塔特萨尔马市去拍卖，他们当然不能保证我身上没有恶习，所以关于这方面，他们只字不提。我俊美的外表和矫健的步伐很快吸引一位先生为我喊价，最后，另一位马贩子买下我。他使用了不同的方法，试了很多嚼子，很快找到我的软肋，最后他选择不用控缰，我反而变得温驯起来。后来我被卖给一位乡绅，他这个人很好，和我相处融洽，但是他家老马倌走了，来了个新的。这家伙像萨姆森一样脾气暴躁、心狠手辣，讲话粗鲁急躁。如果他拉我，我没动，他会抄起手头的家伙，不论扫帚还是铁叉，照着我后大腿打。他干什么都很粗暴，我恨他。他想让我怕他，但我心高气傲，坚决不服从。有天他激怒了我，我咬了他，他狂怒起来，开始用鞭子猛烈地击打我的头。之后他再也没胆儿走进马棚，因为他知道，等待他的将会是一顿踢咬。我对主人很顺从，不过主人还是听了那家伙的话，又卖了我。

"在塔特萨尔马市买下我的那个马贩子听说了我的情况，认为有个地方适合我待。他说：'这样一匹好马，因为运气不好，而落入坏人之手太可惜了。'结果，在你来之前不久，我又被卖到这儿。之前的经历使我坚信人类就是我的天敌，我必须自我保护。当然这儿和以前的地方完全不一样，可天知道好日子能过多久。我也希望我能像你一样想问题，但我做不到。不管怎么说我算是熬过来了。"

我说："不过，踢约翰或詹姆士真的不应该。"

"我不是成心要踢咬他们，"她说，"况且他们待我不错。有次我狠狠地咬了詹姆士，但约翰说：'对她要以德报怨。'所以詹姆士非但没有惩罚我，反而在还没解下胳膊上的绷带的时候，就带着糠皮粥来看我，还抚摸我。从此我再也没咬过他，而且以后也不会了。"

我很同情姜蜇,不过她的过去我知之甚少,很可能因为桀骜不驯她吃尽了苦头。可喜的是,我发现日子长了,她变得温和开心了不少,逐渐丢掉了之前生人靠近时警惕、蔑视的眼神。有一天詹姆士说:"我确定姜蜇开始喜欢我了,今天早上我摸摸她的额头转身离开时,她还咴儿咴儿地朝我叫呢。"

约翰说:"是啊!詹姆士,这就是'波特维克神丹妙药'的魔力啊!她会像黑骏马一样温驯,可怜的家伙,只有仁慈才是她要的良药。"主人也看到了姜蜇的变化。有一天,当他从马车上下来和我们告别时,还轻抚她俊美的脖颈:"我的美人,最近感觉怎么样?我看你比刚来时开心多了。"她用鼻子嗅嗅主人,友好而充满信任,主人慈祥地抚摸她的皮毛。

主人对约翰说:"我们一起为她疗伤。"

约翰大笑说:"好啊,先生!她进步真快,与来时判如两样,这是'波特维克神丹妙药'的魔力啊!"约翰常常这样开玩笑,他常说用"波特维克神丹妙药"可以驯服几乎所有烈马。这种药丸由耐心、温厚、持之以恒、用心呵护配制而成,这几种"成分"各自四百五十克,再加入三百毫升左右的生活常识,天天喂给马吃。

美兰格的故事

牧师布卢姆菲尔德先生儿女成群,有时他们会来找杰斯小姐和弗罗拉小姐玩。他家有个女儿和杰斯小姐同岁,两个儿子比杰斯小姐大,其他都很小。他们一来,美兰格劳动量就变大,因为他们最喜欢轮流骑在美兰格背上,在果园和围场里一连闲逛几个小时。

一个下午,美兰格又被孩子们骑出去很久,詹姆士拉他回圈,拴好后说:"瞧你个捣蛋鬼,行为规矩点吧,否则会惹祸上身的。"

"美兰格,发生什么了?"我问。

他甩甩自己娇小的脑袋,回答道:"我只是给那帮孩子一点教训。他们骑马根本没个够,也不考虑我能不能承受,所以我直接把他们摔下了马背,但摔得并不重,只有这样才能教他们明白道理。"

"什么?你把孩子们摔在地上了?我本以为你会明智点!你把杰斯小姐和弗罗拉小姐也摔了?"我问。

他听了很是生气,回答道:"当然不会。就算有人拿来最好吃的燕麦作为交换，我都不会这么对她俩。这么说吧，我对两位小姐像对主人一样上心，至于那些小孩子，还是我教会他们骑马的，我又怎么会摔他们下马呢？要是他们在马背上受惊吓或稍有不稳，我就会像捕鸟的老妪一样，小心翼翼、步履平稳；要是他们没有不适，我才会放开脚步，你瞧，这样他们才得以学会骑马，所以真不需要你来对我讲道理，我是小孩子们的良师益友。不是小孩子和小姐们捣蛋，是大男孩们！"

他甩了甩鬃毛继续说，"他们太顽劣，马在年少时要接受调教，男孩也需要，好让他们明白道理。小孩子和小姐们已经骑了我近两个小时，接着，男孩们认为轮到他们了，也的确是这样的，我不反对。他们依次骑着我到处跑，田野里、果园里，一跑就是整整一个小时。他们各自砍了一根粗粗的榛树枝当马鞭，使劲打我，不过我也欣然承受了。直到最后，我觉得他们骑得差不多了，所以走走停停两三次暗示他们该下马了。可你知道，男孩们大概把我当蒸汽机或脱粒机一样使唤，觉得他们喜欢骑多久就多久，想骑多快就多快，他们可不会想到马也会累，也会有情绪。所以，当一个男孩骑着我没完没了，还打我时，我生气了，所以后腿站立，前脚离地，让他从我屁股上滑溜下去——这就是事情的来龙去脉。他重新上马，我又摔他下来。这时，另一个男孩走过来，正要用树枝打我时，我把他摞倒在草地上，一而再，再而三，直到他俩死心——就是这样。这俩男孩并不坏，并非天性粗野，我不讨厌他俩，不过不教训他俩不行啊。后来他俩拉我去找詹姆士评理，我觉得詹姆士看到他俩手里的棍子时很生气。他骂那俩男孩一点都没有绅士风度，只配去做牲畜贩子或去流浪。"

姜蜇说："要换作我，我会狠狠踢那些男孩一顿，那才能给足他们教训。"

美兰格说："换了是你肯定会踢，不过我可不想惹怒主人，或让詹姆士失望，那太傻了，我这么说你可别见怪。再说，大人把孩子们托付给我，我就得看护好他们。就在前不久，我还听到主人对布卢姆菲尔德太太这样说：'我亲爱的夫人，不用为孩子们的安全担心，我家美兰格会像你我一样照看好孩子们。我决不会卖掉他，再贵也不会，因为他脾气那么好，值得信赖。'你觉得我是个没良心的白眼狼，会把这五年来主人对我的好都抛之脑后，把所有人对我的信任置之不理，而只因那几个不懂事的孩子胡闹就做出邪恶的事吗？肯定不会的！你也理解不了，因为你生活过的地方的人都对你不好，这太可惜了。我想说，好人家才能养出好马。我不会因为一点事就让家人操心，我爱他们。"说着，美兰格的鼻孔里发出咴儿咴儿的声音，就像早上他听到詹姆士走进马棚时发出的声音。美兰格接着说："再说了，如果我习惯了踢人，我还能去哪儿待呢？肯定就会马上被卖掉，可能被卖给屠夫的儿子使唤，或者在个没人味的海岛劳作至死，除了被鞭打着拼命奔跑，拉三五壮汉去寻欢作乐之外，不会找到一点存在感，就像我在原来的家所看到的那样。"他边摇头边说，"我一点都不希望过成那样。"

果园里的对话

我和姜蜇都不是普通的那种用于拉车的高头大马，我们体内更多的是赛马的血统。我们大约有十五个半手掌那么高，因此可以拉车，也可以骑。主人常说，不论人或是马，他都不喜欢那些只能做一件事的。因为他不爱在伦敦上流社会的公园里显摆,所以他更喜欢有用且爱干活的马。至于我们,最大的乐趣莫过于戴上马鞍,驮主人们一起去散步了。姜蜇驮主人,我驮夫人,奥利弗爵士和美兰格驮小姐们。大家簇拥在一起小跑,马蹄声清脆响亮,大伙兴高采烈、神采飞扬。其中我最走运,因为我驮的夫人很轻省,说话声音温柔,勒马缰时用力很轻,我几乎没有任何不适的感觉。

哦!要是人类明白一双温柔的手会给马带来多少享受,一张甜美善意的嘴巴和一个温柔体贴的性格会带来多少幸福,他们肯定不会再生拉硬拽使蛮力了。马嘴很敏感,只要人类没用残酷无知的手段将它扯烂或磨出茧子,它能感受到骑手最轻微的指引,马也就立刻明白骑手的要求。我的嘴温和而敏感,这就是夫人更青睐我而不是姜蜇的原因,尽管姜蜇的步伐和我一样矫健。姜蜇常因此而嫉妒我,她说,都是当初不当的调教方式,以及在伦敦时戴的可恶的嚼子害了自己,让自己的嘴留下伤疤。每当此时,奥利弗爵士会说:"好啦,好啦!不要生气了,你还不知足?像你这样一匹母马,能驮动咱家高大壮实的主人,还能健步如飞,生机勃勃,还有啥抬不起头?驮不到小姐夫人又怎样呢?我们做马的就要安于现状,只要人家对咱好，就该知足常乐啊。"

我一直心里纳闷奥利弗爵士的尾巴咋那么短，实际上只有十五到十七厘米那么长，而且尾巴梢像个小辫子。趁着一次在果园里休息的机会，我壮着胆儿问他尾巴是因为什么意外情况掉的。他眼神犀利，喷着鼻息气呼呼地说："意外？才不是意外！这是一种残忍、可耻、冷血的手段造成的！我小时候，人们带我到了个地方，把我的尾巴砍掉了。他们紧紧绑住我，让我一动不能动，然后砍掉了我修长美丽的尾巴，而且是连骨头带肉砍下来的。"

"太可怕了！"我几乎叫出声来。

"可怕，是的！不只因为疼痛，尽管疼痛持续很久；也不只是因为丢掉自己身上最漂亮饰品而带来的屈辱，尽管这让我抬不起头；最要命的是，我用什么来赶走肚子两边和腿上的苍蝇？你有尾巴，可以想都不用想，便轻轻拂掉周身的苍蝇。你难以想象满身的苍蝇不停叮咬，而又没有任何办法把它们赶走，这是多么残酷的折磨！我和你说，这是一辈子的痛，一辈子的损失，还好现在人们不这样做了，谢天谢地。"

姜蚕问："人们那样做是为啥？"

"为了赶时髦呗！"奥利弗气得直跺脚说，"可恶的时髦！不知你听过啥叫时髦吗？我那个年代，每一匹出身好的马年轻时都因为这种卑劣的手段，尾巴被剪短，好像造物的上帝不知道我们需要什么或者怎样最好看似的。"

姜蜇说："是啊，在伦敦，人们用恐怖的马嚼子把我的头扯得高高的，让我受尽折磨，我想同样是为了赶时髦吧。"

"当然了，"奥利弗说，"在我看来，时髦是世上最邪恶的东西。举个例子，你看看人们对待狗的做法吧，剪掉他的尾巴是为了让他看起来勇猛，把他的耳朵剪得剩个小尖儿，为的是看起来厉害，也许是这样吧。我以前有一位好友，是一只褐色小猎狗，叫'斯基'。她很喜欢我，睡觉就在我的马棚里，她把床搭在我食槽下，后来她生了一窝狗崽子，五只娇小可爱的幼崽，没有一只夭折。他们属于良种狗，斯基看起来也好幸福！看着小狗们睁开眼满地乱爬，真是让人赏心悦目。但有一天，主人来了，把他们统统带走了。我想主人可能担心我踩到小狗。可事实不是这样，晚上，可怜的斯基用嘴一只一只把他们衔回来，他们不再是快乐无忧，而是满身鲜血，凄惨无比：他们的尾巴都被剪短了，耳朵尖上柔软扁平的部分都被剪光了。可怜的斯基舔舐着孩子们，心都碎了！那一幕我至今都忘不了。小狗们很快痊愈了，也忘记了疼痛，可那漂亮柔软的大耳朵，本是用来保护里面脆弱的器官免受伤害，同时阻止灰尘进入的，却因此永远失去了。人类为什么不削尖自己孩子的耳朵，这样让他们看上去利落呢？为什么不剪掉鼻尖使自己看起来勇敢呢？人和狗是平等的，人类有啥权利虐待、损毁上帝创造的其他动物呢？"

尽管奥利弗平常很温和，可有时他也很激进，他说的这些事情，我还是第一次听到，太恐怖了，我内心涌起一股从未有过的对人的敌意。不用多说，姜蜇听了非常愤怒，她眼露凶光、鼻孔膨胀、仰天长啸，悲愤地把人称作恶棍和傻瓜！

"谁在说傻瓜呀？"美兰格刚好从老苹果树那儿蹭完痒痒回来，"谁说傻瓜呢？那可不是个好词啊。"

"坏词就该用坏人身上！"姜蜇说，并且告诉美兰格奥利弗刚刚讲的故事。

美兰格忧伤地说："一点也不假，在我出生的地方，这种酷刑随处可见，但在这儿我们不该说这些。你知道，咱家主人、约翰、詹姆士对我们都很好，在这个家里公然说人类的不好显得不公平、没良心。况且除了他们还有好多好人，不过咱家的主人和马倌是最好的。"

小美兰格的这番话很理智，让我们都冷静下来，尤其是奥利弗爵士，因为他很爱我家主人。为了转移话题，我问："有谁能告诉我眼罩的用处？"

"没人能！"奥利弗简明扼要地回答，"因为那根本没用处。"

贾斯汀，就是那匹黑白相间的矮脚马，不紧不慢地说："眼罩是用来防止套车的马因受惊而退缩，或者因为恐惧而造成事故的。"

"那人们为什么不给坐骑戴上眼罩呢，尤其是女人们的坐骑？"我追问。

"除了赶时髦别无他因，"贾斯汀依旧不紧不慢地说，"人们担心马看到自己拉的车轮滚得那么近会受惊乱跑，而事实是，当马在拥挤的街道行走时，对车轮早已见怪不怪了。我承认，有时看到轮子离马太近会感觉不爽，可我们又不会跑掉，因为已经习惯了，也能理解。如果马从未戴过眼罩，我想没有一匹想戴。不戴眼罩马可以看清周围的所有东西，总比只能看到正前方的局部景物心里安全得多。当然有些马会紧张，因为小时候受过伤或受过惊吓，他们戴眼罩会更好，但我又不紧张，戴眼罩没有任何道理。"

奥利弗爵士说："我觉得晚上戴眼罩很危险，马的夜间视力比人类要好，如果在夜间马能够不被眼罩阻挡视力，那可避免许多起事故。我记得好多年前，两匹马拉着一辆枢车深夜回家，在路过史班罗家附近的水塘时，因为路面靠近水塘，车轮子几乎碾到塘沿，枢车一下子翻倒掉进水塘里，两匹马都溺死了，车夫也没有幸免于难。事故发生后，人们用坚固的白色铁栏围住水塘，作为醒目的警示。不过，要不是马因戴眼罩被挡住了视线，他们自己就可以避开塘沿，事故也就不会发生了。咱家主人的马车在你来之前也侧翻过，据说如果挂在马车左侧的灯没有熄灭，约翰就能看清修路工留下的那个大坑，也许吧；但要是老马科林没戴眼罩，他会看到那个坑，有没有车灯没关系，因为老科林经验丰富，根本不会出那样的差错。最后的结果是：科林受重伤，马车被毁，约翰勉强死里逃生。"

姜蜇气得鼻孔外翻，说道："要我说，既然人类那么明智，最好下令让以后出生的马驹眼睛都长在额头正中央，别长在两侧！人类总觉得比造物主高明，能改变上帝创造的东西。"我们几个再次陷入忧伤的情绪中，这时美兰格扬起他睿智的小脸庞说："告诉你们一个秘密：约翰可能不赞成戴眼罩，这是我有一天亲耳听到他对主人说的。主人说：'如果马习惯了眼罩，断然解掉，在有些时候会很危险。'约翰说他觉得在调教马的时候就不要戴眼罩，那会是一件好事，有的国家就这么做。所以大家振奋一点，到果园那边遛一圈；我想大风肯定吹落了一些苹果，咱们可以悠闲自在地享受一番。"

美兰格好意坚持，所以大家撂下话题，振奋精神，一起去了果园里，捡起散落在地上甜甜的苹果大嚼特嚼起来。

直言不讳

在波特维克庄园住得越久，幸福感和自豪感会越来越强烈。只要是认识主人和夫人的人，都对他俩充满敬意。他们对待人和动物都很亲切和蔼，不仅对人好，就是对马呀驴呀，小狗小猫，耕牛小鸟都一视同仁。在这里，没有一个动物受过委屈或是受过虐待，或者在他俩那儿得不到像朋友一样的关心的。他家的仆人们也同样富有同情心，要是他们听到村里哪个孩子欺负动物啦，这个消息会很快传到主人和夫人那里。据说主人格雷二十多年来一直致力于让所有套车的马摆脱控制缰，所以在我们这一带几乎见不到这玩意儿了。有时候，要是让夫人看见一匹满载重物的马，他的头被控制缰高高吊起来，她会从马车里出来，和赶车人理论一番，声音甜美但态度坚定，竭力说服赶车人这样做既荒唐又残忍。

我想所有人都禁不住夫人的直言相劝，要是所有女人都像她该多好。我家主人有时也会激烈地批评别人。我记得有天早上他骑我回家，路上遇见一个壮汉赶着一辆轻便双人马车迎面走来，套车的是一匹红棕色小骏马，四腿纤弱，血统纯正，机敏灵巧。就在壮汉快到我家庄园门口时，小骏马转弯想进大门。那壮汉没有任何指示，猛然用力扭转小骏马的头，差点把他摔倒在地。小骏马恢复平衡往前走了，可壮汉开始暴怒，鞭子像雨点似的抽在小骏马身上。小骏马往前跳，壮汉使出蛮力往后拽嚼子，几乎要把小骏马的下巴扯断，与此同时，他手里的鞭子还是狠命地抽着。这情景太可怕了，我对那纤弱的小嘴所承受的剧痛感同身受。主人赶我上前与那壮汉对峙评理。

"索亚！"他厉声厉色地问，"那匹马不是血肉之躯吗？"

"他不仅有血有肉，还有脾气！"壮汉回答，"他太有主见了，但这套在我这儿行不通！"他怒气冲冲地说。这壮汉是个建筑工人，经常来庄园做营生。

主人严厉地说："那你觉得这样虐待他，就可以让他服从你的意愿了？"

那壮汉粗鲁地说："他没事转进园子干吗？不直直往前走，欠揍呢！"

主人说："你不是常常骑这匹马来我家庄园吗？他凭记忆往里走，说明他很聪明。他又怎么知道你这次不进去了呢？言归正传，索亚先生，我从未见过比你对待这匹小马更粗野的方式了，这不是男子汉所为。你为了马的一点小错大发雷霆，不仅伤害了马，更严重的是，这也影响了你的性格。记着，别人会用我们待人接物的方式来评价我们，不论是对人还是对动物的方式。"

主人骑我回家，步履沉重，从他的声音可以听出他有多伤心。主人对下头的人直言不讳，对身份相当的人也一样。又有一天，他骑我出门，遇到一个叫朗格雷上尉的朋友。上尉驾着两匹很棒的灰马去度假。短暂客套之后，上尉问道："道格拉斯先生，你觉得我这对马怎么样？你可是这一带有名的伯乐，我想听听你的意见。"主人让我退后一点，以便好好看看那两匹灰马。"他俩十分英俊，"他说，"要是他俩的性情也能像外表一样地好，那还有啥不满意？可我看你依然紧握控缰，一定是担心他们行为不规矩而加强控制吧？"

"什么意思？"上尉问，"你在说控制缰吗？哦，我知道你不喜欢控制缰，可事实上，我喜欢我的马昂首挺胸。"

"我也喜欢马昂首挺胸，"主人说，"但不是被迫昂首挺胸，这样风采全无。朗格雷，你是军人，你肯定喜欢看到你的兵团在接受检阅时，精神饱满、'昂首挺胸'；但是如果换作训练场上，所有士兵的头都被固定在脊椎矫正板上，别人可能就会对你略有微词了。阅兵时，除了会让士兵不舒服、容易疲惫之外，头被固定抬高不会有很大损失；可要是在与敌人武力对抗中，士兵需要全身肌肉自由发挥作用，需要使出浑身力气的时候，结果会怎样呢？我认为他们打胜仗的概率不大。同理，马也一样：你抱怨他们脾气不好，牢牢控制住他们的身体，这样他们就不能使出全部力气干活，关节和肌肉不能正常活动，当然很快就会筋疲力尽。我敢说，马的头天生是要自由活动的，像人一样。如果人类做事情能够多考虑常识，少考虑时髦，许多事情会变得简单。再说，咱们都知道当马的步子乱了的时候，要是他的脖子和头都高高抬起不能动，他就很难纠正自己的错误。"说着，主人笑笑，"好了，我把我的喜好和盘托出了，你决定改变主意放弃控制缰了吗，上尉？你这个榜样的影响力会很大呀。"

"我想你的道理没错，"上尉说，"把士兵的头固定起来确实不明智，可是——好吧——我再考虑考虑。"两人就此告别了。

可怕的暴风雨

暮秋时节的一天，主人因生意上的事要出趟远门。我被套上轻便双轮马车，约翰一道同去。我喜欢拉这种马车，不仅分量轻，而且高高的车轮子跑起来让人心情愉悦。刚下过雨，现在又刮起大风，路面上的树叶被一扫而光。我们一路高歌，不知不觉到了收税卡口和木头矮桥。河岸很高，所以木桥没有超出河岸，而是与河岸齐平。如果河道涨满水，河水就会没过木桥中段的木板，不过因为木桥两侧有结实的铁轨做护栏，人们并不在意。

看门人说河水涨得很快，他担心晚上桥上会出事。许多牧场被水淹了，在道路地势低的地方水都能没过我的膝盖，路况还行，主人小心翼翼地赶着车，一切安好。

到了城里，吃住当然没问题，可主人去谈生意花了很长时间，直到傍晚时分我们才出发回家。风刮得更加猛烈，我听见主人对约翰说，他外出时从没有遇到过这么大的暴风雨。当我们走在树林旁边小路时，碗口粗的树枝像小嫩枝一样随风狂舞，声音十分吓人，我心里想，真不该在暴风雨天外出。

"祈祷苍天保佑我们平安走出树林。"主人说。

"是啊，先生，"约翰说，"要是哪根大树枝砸到我们头上，那可不好玩。"

话音刚落，从林子里便传来噼里啪啦的断裂声，一棵橡树被风连根拔起，倒了下来，正好横落在我们面前，挡住了去路。我害怕极了,当然我并没有转身逃跑,因为那不是我的习惯。约翰从车上跳下来,一个箭步拦在我前面。

"差点就砸过来了,"主人说,"怎么办呢?"

"唉!既跨不过去又绕不开,没有任何办法。只能返回十字路口,再绕到木头矮桥那边,足足有十公里远呢,赶到那儿天估计晚了,不过马还有力气呢。"

所以我们原路返回,在十字路口拐弯,到达木桥的时候,天几乎黑了。透过夜色,我们隐约看到河水没过了桥的中段。不过考虑到有时候洪水退了,河水依然会淹没桥面,主人决定蹚水过去。我们稳稳地往前走,但是我的蹄子刚踏到桥面时,我马上发觉不对头。我不敢往前走,站住一动不动。"走啊,黑骏马。"主人催促道,拿鞭子抽了我一下,可我就是不敢动,他又用劲抽我一下,我跳了起来,但还是不敢向前走。

"一定有问题,主人,"说着,约翰跳下马车来到我的头前,四下里看看,他尝试拉我过去,"来吧,宝贝,怎么不走?"当然我没办法告诉他我的想法,但是,我非常明白小桥是极其不安全的。

恰在此时,小河那边卡口屋子里的看门人跑了出来,像疯了一样挥舞手中的火把。

"嗨，嗨，嗨！停下！"他大声喊。

"出什么事了？"主人大声问。

"小桥中间断了，有一部分木板被大水冲走了；再往前走，你们就会被洪水卷走。"

"谢天谢地！"主人说，"多亏了你啊，黑骏马！"约翰说着，挽起缰绳，轻轻地拉我右转走到沿河马路上，太阳落山很久了，狂风似乎也有些消停，不像刚才那么地动山摇了。天越来越黑，四周越来越寂静。我平静地迈开步伐一路小跑，大车轮子行驶在湿漉漉的大路上几乎听不到什么声音。主人和约翰好久都没有说话，之后我听到主人语气严肃开始说话。他们的话我不能全听懂，大意是：他们觉得，要是我按主人的意思继续往前走了，我们很可能会在桥中段踩空，连人带车全部掉进河里。当时河水湍急，没有光线又没处求救，全部人马都得溺死。

主人说，上帝赋予了人们理性，借助于此他们可以独自判断一些事物；可是上帝也给了动物们一些知识，这些并不以理性为基础，但却能更加迅捷、更加完美地加以利用，还可以挽救人类的性命。约翰会讲许多马和狗的故事,其中不乏他们的光辉事迹,他不赞同人们看轻动物或是不把动物当朋友。我敢肯定,这世上要是有人拿动物当朋友了,那一定是约翰。

终于,我们到了庄园大门口,看见园丁正在等我们回来。他说夫人自从天黑时分就焦虑不安了,担心发生什么不测,她已经打发詹姆士骑上贾斯汀——那匹黑白杂色的矮脚马,去木头矮桥那儿打听我们的下落了。

我们看到大厅和楼上的灯光,便迎着灯光往近走,夫人跑出来,关切地问:"亲爱的,没事吧?哦!担心死我了,没有发生意外吧?"

"没有,亲爱的。要不是因为你亲爱的黑骏马比我俩更明智,我们一行肯定就全部在木桥那儿被水冲走了。"说着,他们走进了屋子,我没再听见其他内容,约翰拉我回了马厩。哦!那天晚上,他用美味佳肴款待我,有麦麸、碎豆子拌燕麦,还有一张用稻草铺成的厚厚的床!我又累又饿,吃得十分高兴。

魔鬼的标记

有一天,约翰和我出去给主人跑完差事,沿着一条笔直的马路缓慢地往回走。远远地看见一个男孩骑着一匹小马试图跳过大门,小马不愿意跳,男孩就用鞭子打,小马转头跑向一边。男孩又打,马又转向另一边。男孩跳下马,开始狠狠地鞭打小马的头部,然后又跳上马,再逼他跳过大门,毫无廉耻地不停踢他,可小马还是不跳。当我们快走近时,小马低头,后蹄跳起,干净利索地把男孩向前扔到厚厚的树丛篱笆里,然后拖着缰绳,撒腿跑回家了。

约翰放声大笑起来。"活该!"他说。

"嗷!嗷!嗷!"男孩失声痛哭,边在篱笆里挣扎边喊,"我说,来拉我一把啊!"

"省省吧!"约翰说,"我觉得你待那儿挺合适,也许小小的一点剐伤可以给你点教训,这样你就不会逼小马跳大门了。"约翰说着便要离开,不过他又自言自语道:"那小家伙说不定不光手段残忍,而且会撒谎。伙计,咱们可以绕道去农场主布什比家,如果他想知道真相,咱可以告诉他。"因此我们转道向右，不久就到了干草堆场，一眼就可看见农场主家房子。农场主急匆匆地往路上走，他老婆站在大门口，看起来惊慌失措。

"你看见我儿子了吗？"看到我们，布什比问，"他一个小时前骑着我家小黑马出去了。马刚回来了，可我儿子没回来。"

"我觉得您儿子最好别骑马，除非他知道怎么正确地骑。"约翰说。

"你这话什么意思？"农场主问。

"先生，我看见您儿子狠命地鞭打那匹马的头，只因马不愿跳过高高的大门。小马逆来顺受，并没使坏，只是后蹄弹起，把您儿子掀到篱笆里。他喊我拉他出来，不过请您原谅，我不想拉他，他骨头没受伤，只是受了点轻微的剐伤。我爱马，看到马受虐待就生气。不停地鞭打马，逼着马不得已用蹄子，这样做太不明智了，而且这种行为有第一次，就会有第二次。"

听到这儿，农场主的老婆开始抽泣："哦，可怜的比尔，我必须去找他，他一定受伤了。"

"老婆，你最好进屋去，"农场主说，"比尔就该被教训一顿，我要让他受到惩罚，这不是他第一次、第二次虐待小马了，我要让他改过。曼利，太谢谢你了。晚安！"

我们继续上路，约翰一路笑得合不拢嘴。后来，他给詹姆士讲了这件事，詹姆士笑着说："他活该！上学时我就认识那家伙，仗着自己是农场主的儿子，傲慢无礼，他经常昂首阔步、恃强凌弱。当然，我们这些大男孩不吃他那一套，有时还会教训他，在校园里、操场上，农场主的儿子和劳动者的儿子是平等的。我清楚记得有一天，刚好要上下午的课，我发现他在大窗户前逮苍蝇，还揪下它们的翅膀。他没看见我，我给了他一记耳光，把那小子打得趴在地上。天啊！他肆无忌惮地号哭起来，我又害怕又生气。学生们从操场上冲进来，校长也从路上跑进来看。当然，我一五一十地讲了我所做的，然后带校长看了那些不是被压扁就是无助乱爬的苍蝇，还有窗台上被他揪下的苍蝇翅膀。我从未见过校长那么生气，但是听到比尔仍在哀号，就像个懦夫一样，校长并没打他，而是罚他在凳子上站了一下午，并说一周内不准他出去玩。紧接着，校长严肃地向所有学生讲了什么是残忍，他说伤害弱小是狠心的、懦弱的表现。不过我印象更深刻的是，他说残忍是魔鬼的标记，如果我们看到任何人通过残忍手段获得快乐，我们就可以判定这个人属于魔鬼一族，因为魔鬼就是彻头彻尾的杀人狂、虐待狂。换个角度，当我们看到有人爱他的邻居，对动物也一视同仁，我们可以判定那是上帝的标记。"

"你的校长讲得太对了，"约翰说，"没有爱，就没有宗教。不管一个人如何谈论自己的宗教信仰，可如果这种信仰并不能教会人们待人接物要善良，那它就是一个骗局，詹姆士，都是骗局，当事情本来面目全部显露出来，这种信仰就站不住脚了。"

詹姆士·霍华德

十二月的一天清晨，约翰刚刚陪我晨练完，拉我回到畜栏，正解下我身上的挽具，詹姆士也刚从谷仓拿来一些燕麦。这时，主人走进了马厩，他表情严肃，手里拿着一封打开的信。约翰关紧我那畜栏的门，手扶了扶帽檐，等待主人的命令。

"早上好,约翰,"主人说,"我想了解一下你对詹姆士有没有什么看法。"

"看法?还真没有,先生。"

"他工作勤不勤奋,对人尊不尊敬?"

"没问题,先生,他一直都做得很好。"

"你有没有发现他背地里敷衍他的工作?"

"从没发现,先生。"

"那好,我再问一个问题。你有没有发现在他外出遛马或是送信时,半路停下和熟人拉家常,或是把马丢一边,自己到熟人家里闲坐?"

"当然没有,先生,而且要有人这样说詹姆士的坏话,我都不相信,除非有证人向我证实,否则我一定不会相信。我说不好是谁在诋毁詹姆士的人格,可我敢说,在这个马厩里,我没有见过一个比他更沉稳、更愉快、更诚实、更聪明的男孩。他的话和他的活儿一样值得信赖,他对待马匹既温和又有技巧,我宁愿让他来照料马,而不愿让我认识的众多头戴牛仔帽,身穿制服的年轻人来照料。不管是谁问我詹姆士的性格,我约翰·曼利都会这么说。"约翰说着，头猛地点了一下。

主人一直站在旁边听着，表情冷峻、目光专注。听约翰说完，主人脸上绽放出笑容，目光转向一直站在门口的詹姆士，眼里充满温和慈爱。接着他说："詹姆士，我的伙计，放下燕麦过来。约翰对你的看法和我的完全吻合，我深感欣慰。约翰出言是很谨慎的，让他开口评价一个人并不容易，"主人说话时，脸上的笑容很有趣，"所以我相信用这种旁敲侧击的方式，他才会畅所欲言，我才能尽快听到我想要听的。那现在我们进入正题，我收到我妹夫的一封信，也就是克里福德会堂的克里福德·威廉斯先生。他想让我帮他物色一位有责任心的年轻马倌，二十岁上下，对业务很熟悉。他的老马车夫和他共事三十年了，年长力衰，所以他想雇个新人来帮老车夫。等老车夫退休后，新人来接管他的工作。起薪是每周十八先令，发一套马厩服，一套赶车服，分配一间马车房楼上的卧室，一名小跟班。克里福德是个好主人，如果你能得到这个职位，对你将是一个全新的开端。我舍不得你走，要是你走了，约翰就损失一名得力助手。"

"的确是一个损失，先生，"约翰说，"可我不会耽误他的前途。"

"詹姆士，你多大了？"主人问。

"到明年五月份刚好十九岁，先生。"

"还很年轻。你怎么看，约翰？"

"没错，先生，他是年轻，可他和成年人一样沉稳持重、身强体壮，尽管他驾车的经验不多，可他手脚灵敏、眼疾手快、心思缜密。我确信，他手下的马绝不会因照料不周而折损。"

"约翰，你的话最有说服力，"主人说，"因为克里福德在信中附言：'要是能找到一个由约翰一手训练的马车夫，那将是我的荣幸。'所以，詹姆士，好好考虑一下，晚饭时和你妈妈谈一谈，然后告诉我你的决定。"

几天后，詹姆士要去克里福德会堂的事定了下来，究竟是一个月之后走，还是六个星期之后走，由主人定，在此期间，詹姆士要接受所有的赶车训练。我从未见过马车外出如此频繁过，以前夫人一般不出去，主人自己赶着双轮轻便马车出去就行。可现在，不论是主人有事，或只是一件小差事，我和姜蛰都要套上四轮马车，由詹姆士驾车出去，起初约翰坐在马车厢里，给他指导，后来詹姆士就能独立驾车了。周六跟着主人到城里各种不同的地方真是棒极了，还可以穿过各种奇特的大街小巷。主人一定要赶在火车进站的时候到达火车站，而此时的桥上车水马龙，包租马车、四轮马车、运货马车、公共汽车都想从桥上挤过去。在车站鸣笛时刻，桥上交通最拥堵，这很考验马和驾车人的水平，桥面很窄，过桥急转弯才能到达车站，如果驾车人不够眼疾手快、智勇双全，很容易就会和别的车撞到一起。

老马夫

此后，主人和夫人决定去大约七十公里远的地方拜访一些朋友，指定由詹姆士赶车。第一天我们走了五十多公里，中间经过了一些崎岖不平的山路，不过詹姆士赶车思虑周全、小心谨慎，我们一点没觉得疲惫。下坡时他总不忘踩刹车，道路平缓时也不忘放开刹车。他总能让我们踩在最平滑的路面上，如果上坡路较长，他会让马车轮与前进的方向呈一定角度，这样就不至于滑回去，让我们也轻松一点。所有这些小细节都让拉车的马轻松不少，尤其是他还不停地说好听的话鼓励赞美我们。

路上停了一两次，太阳要落山时，我们到了晚上下榻的小镇。我们在位于集市中心的旅馆停下，穿过拱门进入长长的院子，院子尽头是马厩和马车房。两个马夫过来迎接我们。马夫总管是个积极乐观的小个子男人，腿有点罗圈，身着黄色条纹马甲。我从未见过有人能这么麻利地解下马具，他拍拍我，说话轻柔，然后拉我进了一个长长的马厩，里面有六七个畜栏，有两三匹马。另一个人拉着姜蜇，两名马夫给我们全身按摩，然后清洗皮毛，詹姆士全程都站在一旁。小个子老马夫的手法轻柔，动作敏捷，我第一次觉得这么舒服。他为我梳洗完毕后，詹姆士走近前来，全身检查一遍，好像担心别人为我清洗不彻底，可他发现我的皮毛和丝绸一样干净光滑。

"哇哦！"他说，"我以为我很快，约翰比我还快，可你是我所见过的干活最快最全面的，你比我们都厉害。"

"实践造就完美，"老马夫说，"四十年做同一件事，还达不到完美就太可惜了！哈哈！太可惜了！至于干活麻利，亲爱的，那只是个习惯罢了，养成干活快的习惯和养成磨蹭的习惯一样容易，甚至是更容易一些。事实上，我的健康状况不允许我花两倍的时间在同一件事上磨磨叽叽。亲爱的，我做不到慢慢吞吞干着活儿，还能开心地吹口哨！你看，我从十二岁开始和马打交道，先照料打猎用马，后来是赛马。小小年纪我就已经是经验丰富的赛马师了。可你知道古德伍德公园赛马场地很滑，我可怜的拉克布摔了一跤，我的膝盖受伤了，所以不能继续留在赛马场了。但是离开马，我活不下去，所以我开始从事酒店马匹管理。我跟你说，照料这样的马是极大的乐趣，他们出身高贵、举止优雅、受过精心培养，亲爱的，我能看出一匹马所受过的待遇。一匹马只要让我照料上二十分钟，我就能说出他的马倌是个什么样的人。你看这匹马，性情愉悦、娴静，你怎么指引他，他就怎么做，抬高蹄子让你清理，随你怎么要求。而你看另一匹，他性情躁动、不安、不听使唤，或者在畜栏里走来走去，你一走近，他就摇头摆尾，耳朵直竖，好像害怕你，要不就用脚蹄朝你乱踢。可怜的家伙！我明白他们成长过程中所受过的待遇。如果他们本性鲁莽，照顾不周就会让他们变得邪恶、具有攻击性，年轻时的经历可以在很大程度塑造马的性格。亲爱的，正如《圣经》中所说，马和小孩一样，怎样培养他，他就会长成啥样，如果不出意外，马到老也不会偏离这个轨迹。"

"我喜欢听你说话，"詹姆士说，"在我主人家，我们正是这样对待马的。"

"年轻人，谁是你主人？不知这么问唐突吗？从我亲眼所见，可以判断他人很好。"

"他是波特维克庄园的乡绅戈登，波特维克就在毕肯山脉那边。"詹姆士说。

"哦！我听说过他，相马的伯乐，郡里最好的骑手。"

"的确是，"詹姆士说，"可自从他可怜的儿子死了以后，他就很少骑马。"

"是啊，可怜的年轻人！我当时在报纸上读到事情的经过。还死了一匹好马，对吗？"

"是的，"詹姆士说，"那是一匹很棒的马，是这匹马的兄弟，跟他像极了。"

"天啊！太可惜了！"老马夫说，"我没记错的话，那地方根本不适合跳跃：那上面是薄薄的篱笆，翻过篱笆就是陡峭的河岸，不是吗？马在篱笆这边根本看不到另外一边，尽管我很欣赏大胆的骑手，但是有些翻跳只有经验丰富的老猎手才能做到。一个人的性命加上一匹马的性命远比一条狐狸尾巴珍贵，至少在我眼里是这样。"

这时另一名马夫给姜蚕梳洗完毕，就给我们端来了谷物，詹姆士就和老马夫一起走出了马棚。

马房失火

过了一段时间，我们正要睡觉，给姜蚕梳洗的那个马夫又领进来一匹马。在他给马擦洗身体的时候，一个年轻人嘴里衔着烟斗，溜进来和他闲聊。

马夫说："我说，特勒，从梯子爬上去，到阁楼取些干草，给这匹马放草架上，好吗？把烟斗放下。""没问题。"特勒说着，就从地板门的梯子钻进阁楼。我听到他在阁楼地板上走来走去，搬干草下来。詹姆士进来检查，看一切都安顿好了，就随他们出去把门锁上了。

不知道睡了多久，也不知道夜间几点，我醒了，感觉十分不舒服，但说不清哪里不舒服。我站起来，感觉空气厚重得令人窒息，只听姜蛋在咳嗽，另一匹马在躁动。马棚里很黑，什么也看不见，但能感觉烟雾缭绕，让我喘不过气来。阁楼上的地板门没关，我想烟就是从那儿来的。我仔细听，楼上是窸窸窣窣声，接着是噼啪的爆裂声。我听不清是什么声音，可这声音太奇怪，让我全身发抖。别的马全醒了：有的拽缰绳，有的跺脚。

终于，我听到门外传来脚步声，傍晚帮旅客牵马匹的那个马夫猛地撞开门，手里提着灯笼，另一只手开始解缰绳，要拉马出去。可他太慌乱太紧张，这把我吓一跳。第一匹马根本不跟他走，他去拉第二匹、第三匹，他们动也不动。他来拉我，使劲拽我出去，当然不可行。他一个一个拉，然而都拉不走，最后他自己走了。

无疑我们太愚蠢，因为危险迫在眉睫，但我们找不到一个可信赖的人，一切都不敢确定。从马厩门进来的新鲜空气让呼吸顺畅了不少，可头顶窸窣作响的声音更大了，我仰头从干草架往上看，看见墙上一串红红的小火苗闪烁。接着听到外面有人喊"着火啦",老马夫安静而迅速地走进了马棚。他拉一匹马出去,又来拉另一匹,这时地板和门上蹿出熊熊大火,噼里啪啦的声音让人害怕。

我听到詹姆士的声音,沉稳、愉悦,就像往常一样:"来吧,我的美人们,是时候走了,快醒来跟我走。"

我离门最近,詹姆士首先走向我,拍拍我的脖子:"来,黑骏马,带上缰绳走吧,马上就离开这一屋子浓烟。"

滚滚浓烟顷刻间充满整个马棚。詹姆士从自己脖子上解下围巾,轻轻蒙住我的眼睛,边拍我边哄我走出马棚。走到院子安全地带,他解下围巾,向周围喊:"来人!拉住这匹马,我再去拉其他几匹。"

一个高高胖胖的人走过来拉住我,詹姆士快速走回马棚。看见他离开我尖叫了一声。后来姜蜇说正是我的那声尖叫救了她的命,要不是听到我在门外,她怎么也没勇气走出去。

院子里乱哄哄的:有人从别的马棚往外拉马,有人从马车房里拖出马车,四轮的、双轮的,以防火势蔓延开来。院子另一边的窗户都打开了,人声鼎沸,嘈杂不堪。我始终紧盯马厩门,浓烟翻滚而出,火焰扑腾可见。这时一个清晰洪亮的声音传来,盖过所有喧嚣吵闹,我知道那是主人的声音。

"詹姆士·霍华德!詹姆士·霍华德!你在吗?"没人回答。但我听到马棚里有什么东西砸了下来,接着我开心地大声叫出来,因为我看到詹姆士拉着姜蜇从滚滚浓烟中走了出来。姜蜇剧烈地咳嗽着,詹姆士也被呛得说不上话来。

"我勇敢的伙计!"主人说,他把手搭在詹姆士肩膀上,"你受伤了吗?"

詹姆士摇摇头,因为他说不出话。

"啊,"拉我的那个高个子说,"他可真勇敢啊!"

主人说:"詹姆士,你现在喘上气来了,我们尽快离开这个地方。"说着,我们一起向出口方向移动,这时我们听见从市场方向传来的马蹄声和隆隆的车轮声。

"是灭火车!灭火车!"人们七嘴八舌地喊道,"靠边!让道!"两匹马拉着笨重的灭火车冲进院子,碾在石板路上发出咔嗒咔嗒的轰鸣声。消防员跳下车,无须问哪儿着火了,因为他们看到了马棚中熊熊的火焰从屋顶直冲天际。

我们以最快的速度到达宽敞安静的市集。天空星光闪耀,除了身后的吵闹声,一切都很平静。主人带路到了对面一家大

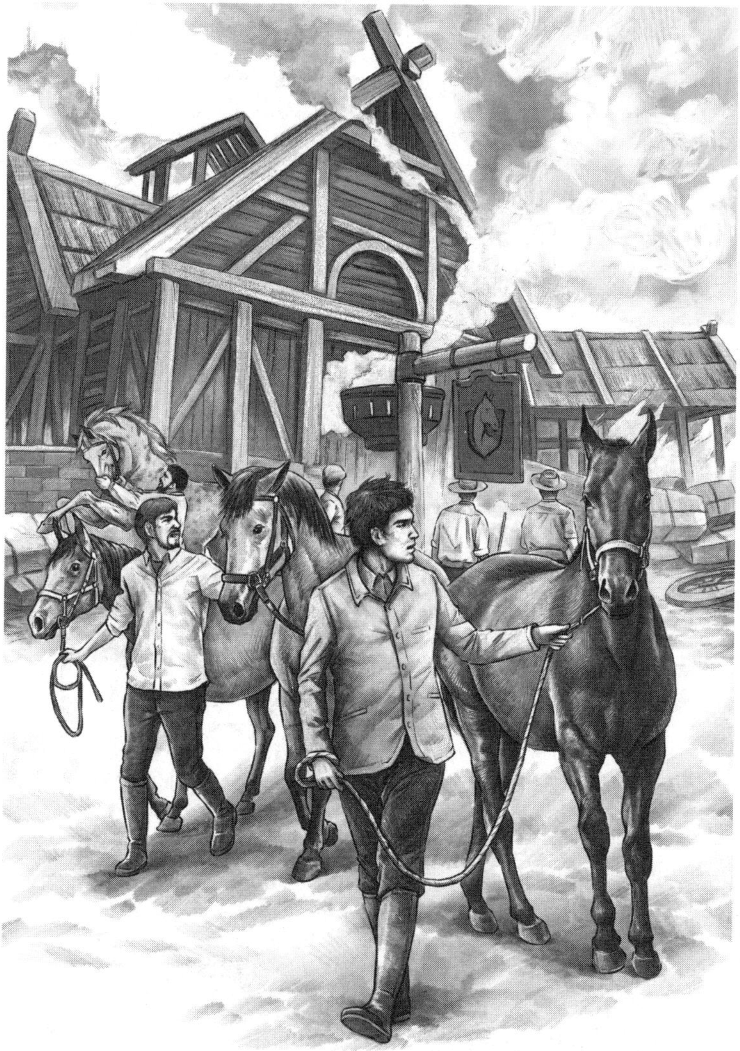

旅馆，等马夫一来，他立刻对詹姆士说："我必须尽快回去见夫人，我把马全权托付给你了，按照你的需要命令他们。"说着就离开了。主人并没有跑，可我从未见过谁走得那么快。

在我们走进马房之前，听到了很可怕的声音——是那些被活活烧死在马棚中的可怜马匹发出的惨叫——太可怕了！我和姜蜇心情低落。不过，我们进了新马棚，待遇还不错。

第二天早上主人来看我们并和詹姆士说话。我没听见说的什么，因为马夫正给我挠背，可我看得出詹姆士很开心，主人应该是对詹姆士很满意吧。夫人昨天晚上受惊了，所以我们今天下午才会再出发。这样，詹姆士整个上午的时间都可以自由支配，他先回首席旅馆找我们的马具和马车，再去打听大火的情况。他回来后，我们听到他和马夫的谈话。起初，没人知道火的起因，可后来有人说看见迪克·特勒嘴里叼着烟斗进了马房，可他出来时嘴里没叼，而是又续了一锅烟。当时让迪克爬梯子去取干草的马夫也出来做证，说他提醒过迪克放下烟斗。迪克否认自己叼烟斗上阁楼，可没人相信。我记得我家约翰·曼利定的规则，绝不让烟斗进马棚，我觉得这个规则在各个地方都应该被遵守。詹姆士说那个马棚的顶和地板都塌了，只剩下黑漆漆的围墙，那两匹没被拉出去的马被燃烧的椽子和瓦片压在了下面。

约翰·曼利的教导

剩下的旅途很轻松，太阳落山不久，我们到达了主人的朋友家。

我们的新马棚明亮、温暖、舒适，马夫很和蔼，我们感觉宾至如归。他听说马房失火的事后，对詹姆士刮目相看。

"年轻人，有一件事我们都很清楚，"马夫说，"你的马只认自己信赖的人。在遭遇火灾或洪水时，把马拉出马棚是世界上最艰难的事。我弄不明白为什么他们不出来，可事实就是这样——二十匹马里竟没有一匹想出来。"

我们在此逗留了两三天，然后返回，旅途一切顺利。回到自己的马棚后，我好开心，约翰见到我们也很开心。他和詹姆士当晚离开马棚前，詹姆士说："我不知道谁来接替我的工作。"

"看门房的乔·格林。"约翰说。

"什么？乔·格林！他可是个孩子！"

"他已经十四岁半了。"约翰说。

"可他真的是个小家伙啊！"

"没错，他是不大，可他反应敏捷、不怕辛苦，而且心地善良，同时他很想来，他父亲也同意。我想主人会愿意给他这个机会的。主人说，如果我觉得乔不能胜任，他会另找一个大点的孩子，可我说我十分乐意给乔六个礼拜时间试一试。"

"六个礼拜！"詹姆士说，"什么？乔要是花六个月能胜任这项工作就不错了！约翰，你这是给自己增加工作啊！"

"就算是吧，"约翰笑着说，"我和工作是要好的朋友，我从来没有畏惧过工作。"

"你是个好人，"詹姆士说，"我真希望能像你一样。"

"我不经常说起自己，"约翰说，"不过你马上要离开我们，去适应新的环境了，我不妨告诉你我对一些事情的看法。我父母双亲在我像约瑟夫那么大时，就相继因高烧去世，他们的去世时间相隔不到十天，留下了我和患腿疾的姐姐妮莉，无依无靠，没有一个亲人可以求助。我是一个农民的孩子，挣下的钱连自己都养活不了，更别说养活我和姐姐，要不是咱家夫人出手相助，我姐姐早就该去济贫院了。妮莉把夫人称作天使，夫人配得上这个称呼。她给姐姐和老寡妇莫兰租了一间屋子住，在姐姐会做针织和女红时，又给她买来工具，姐姐生病时，她给送来了食物和许多贴心的小东西，就像妈妈做的一样。主人把我领到马厩，让我跟着老诺曼——当时的马夫学习。我和主人一家一起吃饭，在阁楼睡觉，主人发给我一身衣服，还有每周三个先令的工资，这样，我就有能力帮助妮莉了。说到诺曼，他本来可以拒绝主人，说自己上了年纪，不能胜任将一个拉耕犁的毛头小子训练成一个好马夫的工作。但他却像父亲一样，在我身上花了很多精力，付出很多心血。过了几年，诺曼去世了，我便接替了他的工作。现在，我当然挣得更多了，还可以存起来一些以备急需，妮莉也快乐无忧。所以詹姆士，你看，我不能做那个对小男孩嗤之以鼻、惹主人生气的人啊。绝对不行！詹姆士，我会十分想念你的好言相劝，但我们要努力克服困难，当困难降临，没什么比做善事更正确的了，我很高兴有机会这样做。"

"那么，"詹姆士说，"难道你不赞同这个谚语：各人自扫门前雪，莫管他人瓦上霜？"

"确实不赞同，"约翰说，"如果主人和夫人，还有老诺曼只顾自己，不顾别人，我和妮莉如今会在哪儿呢？她一定是在济贫院受苦，而我在地里锄萝卜！要是你只考虑自己，那黑骏马和姜蜇会怎样呢？一定会被烧死！不行，詹姆士，那个谚语传达的是自私自利、异端邪说，不论是谁，在何种情况下践行这条谚语，都是自私的异教徒。任何只考虑自己不在乎他人的人，都是可怜虫，试想如果是自己像小狗小猫一样溺水，眼睛迷迷糊糊睁不开，那将是多么无助的时刻。"约翰义愤填膺地说，头猛地甩了一下。

詹姆士听了笑一笑，不过当他再次开口说话时，嗓子有点沙哑："除我妈妈之外，你是我最好的朋友；请不要忘记我。"

"不会的，伙计，不会的！"约翰说，"我永远不会忘记你，那你也不准忘记我。"

第二天乔来到马厩，趁詹姆士走之前把该学的学会了。他从学习打扫马棚、上草料开始，然后学习清洗马具，帮忙擦洗马车。因为他个头太小，打理我和姜蜇都够不着，于是，詹姆士就教他照料美兰格，以后他将在约翰的手下全权照管美兰格。乔尽管小，但善良、阳光，总是吹着口哨来干活。

美兰格十分烦恼，用他的话说就是"被一个无知的男孩粗手笨脚地推来操去"，不过在第二个礼拜将近结束时，他略带神秘感地告诉我，他相信这男孩会有进步的。詹姆士离开我们的那一天终于来了，尽管他平常都轻松愉快，可那天早上看起来没精打采。

"你看，"他对约翰说，"我留下这么一大摊子：我妈妈和贝蒂丝，你，一位好主人，还有马，和我一手带大的美兰格。换了新地方，我一个人也不认识。要不是为了有个更高的职位，能更多地帮衬家里，我肯定不会下定决心离开。约翰，我心里真难过。"

"唉，詹姆士，伙计，是这样啊。不过假如你是那种第一次离家一点都不伤感的人，我就不会这么珍惜和你的友情了。打起精神，你会交到新的朋友。如果你适应得好，而且我确信你一定会的，这对你妈妈是一件好事，她会为你获得这样的好职位而感到骄傲的。"

约翰的话让詹姆士心里宽慰不少，可大家都不想让詹姆士离开。至于美兰格,他在詹姆士走后憔悴了几天,食欲也不振。所以约翰在早上遛我时,有几次也顺便拉着他出去散散步,在我旁边撒撒欢儿,好让这小家伙重新打起精神,很快,他就好起来了。乔的爸爸常来帮点忙,因为他熟悉这项工作。乔学得很努力,约翰对他满怀信心。

深夜求医

詹姆士走后几天的一个晚上,我吃过干草,正躺在稻草床铺上酣睡,马棚里的铃铛突然把我惊醒,响声很大。我听见约翰开门,跑向大厅,很快又跑回来,他打开马厩门进来,大声说:"快醒来,黑骏马!你必须和我跑一趟,用最快的速度!"没等我冷静下来,他已拿来鞍子、辔头给我穿戴好。他跑去拿了他的外套,拉我一路小跑来到大厅门前,主人站在那儿,手里拿着灯笼。

"约翰,"他说,"拼命赶路,为了夫人的性命,一刻也不能耽搁啊。把这封便信给怀特医生,让马在旅馆里稍作休息，尽快返回。"

约翰说："好的，主人！"然后迅速跨上马。守门房的园丁听见铃响，已敞开大门等候。我们一路冲出庄园，穿过村庄，往山下奔去。

到了收税卡口后，约翰一边大声叫人，一边用手捶门，看门人立即出来，打开卡门。

约翰说："确保门一直开着，等医生通过，我给你过路费！"说着又继续上路。

河边是一条长长的平坦的道路，约翰对我说："黑骏马，使出你浑身力气奔跑吧！"我开始尽情奔跑，根本不需要鞭子或马刺，一口气全速跑了大约三公里。我想我祖父在"纽马克特"赛马比赛中跑得也就这么快吧。当我们到达桥头，约翰拽了拽我的缰绳，拍拍我的脖子说："好样的，黑骏马！我的好伙计！"他想让我缓口气，可我劲头上来了，根本没办法减速。空气有些冷，月光很皎洁，夜晚很惬意。我们经过一个村庄，穿过一片黑森林，上山又下山，十三公里路跑完终于到了镇子上，穿街走巷，进入市集。周围一片寂静，大家都在睡觉。我的脚蹄踏在石板路上发出咔嗒咔嗒的声音，听上去格外清脆。教堂钟声敲三下时,我们在怀特医生家门口落定。约翰按了两次门铃,没人答应,然后他又雷鸣般地捶打门。一扇窗门打开了,怀特医生头戴着睡帽,探出头问:"什么事?"

"戈登夫人病得厉害,先生。我家主人需要您去一趟,十万火急,要是您不能去,夫人生命就有危险。这是他的信。"

"稍等,马上来!"他说。

他关上窗户,马上出现在门口。

"不过情况不妙,"医生说,"我的马昨天跑了一整天累垮了。我儿子刚出诊骑走了另一匹。怎么办呢?我可以骑你的马吗?"

"我的马来的时候几乎没歇一口气,先生,我本想让他在这儿休息一下,不过如果你要骑,我想我家主人不会反对的,先生。"

"好嘞!"医生说,"我马上就可以出发。"

约翰站在我旁边,摩挲着我的脖子,此刻我累得浑身火热。不一会儿,医生拿着马鞭出来了。

"您无须用鞭子,先生。"约翰说,"黑骏马会拼尽全力跑，直到跑不动倒下为止。请尽量善待他，先生，我希望您别做出伤害他的事。"

"不会的，不会的，约翰，"医生说，"我想不会。"说话间，我们就把约翰远远甩在后面。

返程的所见所闻我先不说。医生可比约翰要重，骑术也不好，不过，我竭尽全力跑快跑好。收税卡口的守门人保持大门畅通无阻。要上山时医生要我停下，他说："好伙计，歇口气。"

这正合我意，我都要喘不过气了。这次歇息让我重获力量，很快我们就进了庄园。乔在大门口等着，主人听见我们来了，也在大厅门口等候。他一言不发，医生和他一同走进屋子，乔拉我回了马厩。回家真好，此时我四腿发抖，想卧又卧不下，只是喘着粗气。我浑身湿透了，汗水顺着腿流下来，周身热气腾腾的。乔经常说，我这个样子就像旺火上架着滚水锅一样。无知的乔啊，他还是太小，知道得太少了，要是他爸爸在，还可以帮帮他，可不巧他爸爸现在被派往邻村办事去了，不过他还是做了力所能及的。他摩挲着我的腿和胸部，但并没给我披上暖和的毯子，因为他觉得我根本不需要；然后他给我拿来一桶水，冰凉解渴，我一股脑儿全喝光了；他又拿来干草和谷物，最后，他觉得自己做得很好了，所以就走了。过了不久，我开始浑身打战，冷死了。腿也疼，腰也疼，胸口憋闷，浑身酸痛。哦！我站着发抖时，好想披上温暖舒适的毯子。我想约翰，可他还在从十三公里外的地方徒步往家赶，所以我只能躺在稻草上，努力睡着。过了很久，我听到约翰回来了。我竭力发出呻吟声，因为我疼得没力气了。他马上出现在我面前，弯下腰来看我。我不能告诉他我的感受，可他一眼就看明白了。他立刻用两三块毯子盖住我，然后跑到房间拿热水，给我做了热气腾腾的燕麦粥让我喝下，之后我迷迷糊糊地睡着了。

约翰似乎对乔很恼火。我听到他不停地自言自语："愚蠢的小子！不给马披毯子！我敢说他一定给你喂了冷水，小屁孩就是小屁孩。"可无论怎么说，乔算得上是个好孩子。

我病得不轻，肺部有严重的炎症，每呼吸一次都很难受，约翰日日夜夜地照料我，每天晚上起来两三次来看我的状况。主人也常来看我。有一天，他说："可怜的黑骏马，我的好马，你救了夫人的命，没错，是你救了她。"听到这些，我好开心，医生也似乎说过，假如我们跑得慢一些，夫人的病就会被耽误。约翰告诉主人，他平生第一次见到马跑这么快，似乎我明白发生了什么。我当然明白，尽管约翰并不这么认为，至少我知道这些——我和约翰必须拼命赶路，而且目的是为了救夫人。

只因无知

我不知道自己病了多久，马医邦德先生每天都来。有一天，他给我放了血，约翰端着桶接血。放血后我感觉都虚脱了，总担心自己会死，我想不管换作谁，都会这么想吧。

姜蜇和美兰格搬到别的马棚住了，为了让我清净。高烧让我的听觉十分敏感，一点小响动听起来都觉得聒噪，不同的人进出马棚的声音我都辨别得一清二楚。我知道周围发生的一切。有天晚上约翰要给我喂一口药，托马斯·格林来帮忙。我吃了药，约翰也安顿我舒舒服服睡下，说想再留半小时看看药物反应。托马斯说他也愿意留下来，所以他们走到美兰格马棚里的长凳上坐下，把灯笼放脚下，因为怕我被光线扰得睡不着。

他们就这样静坐了好一会儿，然后托马斯·格林用低沉的声音打破沉默："约翰，我希望你能对乔说点好话。乔伤心欲绝，吃不下饭，郁郁寡欢。他知道都是自己的错，可他敢保证他已经做了力所能及的。他担心如果黑骏马死了，没人愿意再同他讲一句话。听他这么说，我也心生同情。我想你该去跟他和好，无论怎么说，他本性不坏啊。"

片刻停顿后，约翰沉稳地说："托马斯，你这样要求我，让我有些为难，我知道他本意不坏，我从没说过他使坏心眼，我知道他不是坏孩子。可你看，我自己心里不好受，黑骏马是我的骄傲，更别说主人和夫人都那么喜欢他，如果他的性命就这样轻易被抛弃，我连想都不忍想。不过如果你觉得我对乔苛刻，我会在明天与他和好——前提是明天黑骏马能好起来。"

"好吧，约翰，谢谢你。我理解你不是故意冷落他，很高兴你明白他只是出于无知而已。"

约翰回复的声音几乎吓到我："只因无知！出于无知！

你怎么说出这样的话？难道你不知道无知是世界上最丑恶的东西，仅次于邪恶吗？上帝啊，无知带来的危害还小吗？如果人们说：'哦！我不知道，我不是故意的。'意思则是，他们认为自己不该承担任何后果。我想，马沙·马尔沃斯在给婴儿同时喂下达尔比和镇静糖浆时，也并非故意要害死他，可结果还是害死了，她最终被判处杀人罪。"

"她活该！"托马斯说，"一个分不清黑白对错的女人不配承担照料婴儿的责任。"

约翰接着说："比尔·斯坦基假扮成鬼在月夜追赶他弟弟的时候，也并非故意要把他吓成神经病。可事实上，他确实把他弟弟吓傻了。一个阳光、俊朗的小男孩，任何一个母亲都会引以为豪，结果变傻了。如果不是哥哥恶作剧，他可以身心健全地活到八十岁。两个礼拜前，那群年轻姑娘离开你的暖棚，忘记关门，寒冷的东风直直吹进来，许多植物因此冻死，你不也痛心疾首吗？"

"何止是'许多'！"托马斯说，"所有的嫩枝都被吹折了。我想重新种植，可我找不到买幼苗的地方。当我走进暖棚，看到满地狼藉的时候，简直要疯了。"

约翰说:"然而,我敢保证那些年轻姑娘并非恶意,也只是出于无知。"

因为药开始起作用,我昏昏沉沉入睡了,接下来的话没听到,第二天早起感觉好多了。后来,随着我的阅历越来越丰富,我还会经常想起约翰说的这些话。

乔·格林

乔·格林成长得很快,他学得很好,做事专注,细心周到,约翰开始放手让他做很多事。不过像我说的,他年纪小,约翰从不放心让他去遛我或姜蜇。可是有天早上,正巧约翰驾着贾斯汀出去拉行李去了,主人呢,因为着急把一封便信送往朋友家,大概有五公里远,只能命令乔给我备上马鞍去送信,出发前一再叮嘱骑得稳一点。

信送到了,我们平平安安往家走,路过一个砖场时,看到两匹马拉着一辆满载砖头的货车。车轮子陷在深深的淤泥里,而马车夫却在无情地呵斥、鞭打两匹拉车的马。乔勒住缰绳让我停下。那场面让人不忍直视：两匹马挣扎着使出牛劲往外拉车，可车就是不动，他们的汗水沿腿和肚子顺流而下，身体因喘着粗气而一起一伏，肌肉紧绷。而马车夫呢，却残忍地拽着前面那匹马的嚼子，粗暴地边破口大骂边鞭打脚踢。

"住手！"乔喊，"别再那样打了，车轮卡牢了，车动不了的。"

那人根本不理睬，继续鞭打。

"停下，求你了！"乔喊，"我帮你卸下一些砖头，他们拉不动啊。"

"管好你自己吧，毛头小子，我自己知道怎么做！"那人情绪激动，估计喝过酒，气势汹汹，拿起鞭子接着打。乔掉转马头，很快我们便转弯跑向砖场主人家。我不确定约翰是否赞同乔骑我那么快，可我俩此时的想法是一样的：难耐心中怒火，急速跑去告状。

砖场主人的家紧靠路边。乔边敲门边大声喊："嗨！克莱先生在家吗？"

门开了，正是克莱先生。

"你好，年轻人！你看起来很着急，今天早晨乡绅那边有什么命令要传达吗?"

"没有,克莱先生,是你家砖场里有个家伙正往死里打两匹马呢,我让他住手,他不听,我说帮他卸下砖头,他还是不住手。我只能来找您了。求您了,先生,快去看看吧。"乔激动得声音都发抖了。

"谢谢你,伙计,"克莱先生说,他跑进屋拿了帽子,然后略有停顿,接着问,"要是我把那家伙送上地方法庭,你会站出来做证吗?"

"当然会,"乔说,"我很乐意。"克莱先生走了。我们一路急促小跑回家。

"怎么,乔,有什么事吗?你看起来很不开心。"约翰看着乔翻身下马时问道。

"我气坏了,我和你说……"乔回答,然后他讲了发生的一切,因为激动有些语无伦次。

乔平常是个温和、安静的小家伙,看他如此兴奋,感觉太棒了。

"太好了,乔!你做得对,不管那家伙会不会被法庭传唤,你做得很对。多数人会视而不见,说不是自己的事不要管。可现在我想说，对于残暴和虐待，人人都要管。你做得对，我的小伙计。"

乔此刻很镇定，得到约翰的嘉奖，他很自豪。给我清理脚蹄和挠痒痒时，他的手劲都比之前更坚定自信了。他们刚打算回房吃饭时，主人的男仆来马棚找乔，他说主人要马上见乔，就去他的房间里，说是有个人被指控虐待马匹，要乔去做证。乔激动得满脸通红，双眼放光。他立即答应道："我一定知无不言！"

"敞开心扉地说。"约翰吩咐道。乔扭一扭领结，整一整衣襟，立刻出门。我家主人兼任郡上的法官，经常有人拿案子来让他裁判或是出主意。有那么一会儿，我们在马棚里听不到消息，因为人们去吃饭了。可是当乔再次回去马棚时，我见他满面春风。他开心地拍我一掌说："我们对这种坏事不能坐视不管，对吗，老伙计？"后来我们听说，乔给出的证词清晰有力：那两匹马如何地筋疲力尽，遍体鳞伤，马车夫如何地残忍无情。所以那车夫被迫上法庭接受审判，有可能要被判处两至三个月的监禁。自那以后，乔发生了很大变化，真是太好了。约翰打趣说，乔这一礼拜长高了三厘米，我也觉得是这样。他依旧温和善良,不过他做事更靠谱、更坚定,就好像一下子长大了。

送别

到现在,我已经在这个幸福的家里生活了三年,天有不测风云,一些伤心的变故即将来临。我们不时听闻夫人的病情在加重。医生是家里常客,主人整日郁郁寡欢。然后我们听说,夫人必须即刻离开家,去一个温暖如春的国度休养两三年,家人听到这一消息,就像听到丧钟哀鸣。人们都很不舍,可主人当机立断,开始安排变卖家产,想要尽快离开英国。我们常听见人们在马棚里谈论这事,的确,除了谈论这些,也没有别的重要的事了。

约翰整日埋头干活,一言不发,乔也很少吹口哨了。人们来来去去极其频繁,我和姜蜇一整天都歇不下。

走得最早的一批是杰斯小姐、弗罗拉小姐和她们的家庭教师。她们来和我们告别,拥抱着可怜的美兰格时,就像拥抱老朋友，事实上，他们的确是老朋友了。之后听说了对我们的安置——主人已将我和姜蜇卖给他的一位叫武什么伯爵的老朋友，他觉得我俩在那儿会有个好着落。他把美兰格送给牧师，因为牧师一直想给布卢姆菲尔德夫人一匹小马，不过有一个附带条件：永远不准卖掉美兰格，当美兰格年老干不动活儿时，要用枪结束他的生命，然后下葬。

乔接着照顾美兰格，顺便在牧师家里帮帮忙，所以我认为美兰格会很幸福。有几个好职位等着约翰去，可他说要再等等看。

在他们离开的前一天晚上，主人走进马厩做最后安排，也和马做最后的道别。他情绪低落，从声音就能听得出。我想我们马对声音的辨识力要高于人类。

"约翰，你决定做什么了吗？"他说，"我发现你还没有答复任何一家就职邀请。"

"还没呢，主人，我下决心找到一个岗位，跟着一流的驯马师和调教师干，这比较适合我。许多幼马被惊吓或被糟蹋，都是因为人们不当的调教方式，要是有个会驯马的人来调教他们，结果就不会这样了。我和马的关系一直很融洽，要是我能帮助一些马从开始就步入正轨，我会觉得很有成就感。您怎么看，先生？"

主人说："我认识的人里没有谁比你更适合做这件事了。你理解马，而且似乎马也理解你，不用多久你可以独立做起来，你一定可以做得很好。如果我能帮忙，不论是什么，请写信给我。我会告诉我伦敦的经纪人，顺便把你的人品告诉他。"主人给约翰留下经纪人的姓名和地址，然后感谢他这么长时间忠心的效劳。可约翰觉得承受不起："求您了，主人，别这么说，我受不起。您和夫人为我做了这么多，我一辈子都还不完你们对我的恩德。我们永远不会忘记您，先生。求求上帝，让夫人有一天能像从前一样重新出现在我们面前。先生，我们必须心存希望。"

主人把手伸向约翰，可却说不出话，他们一起走出了马棚。

最后一天终于来了。男仆带着笨重的行李提前一天走了，只剩下主人、夫人和女仆。我和姜蜇最后一次把四轮车拉到大厅门前，仆人们把一些垫子、地毯、杂物搬出屋子。当所有东西都装好后，主人抱着夫人走下台阶（我刚好站在房子一侧，可以看到发生的一切），然后把她小心翼翼放到马车上，仆人们都围在夫人周围哭泣。

"再见了，"他说，"我们不会忘记你们任何一个人，"说着上了马车，"约翰，走吧。"

乔也跳上车，我们一行缓慢走过庄园，穿过村子，村民们都站在自家门口目送我们远去，嘴里念叨着："上帝保佑他们。"

到了火车站以后，我想夫人是下了马车，走向候车室的。我听见她甜美的声音说："再见，约翰，上帝保佑你。"我感觉到约翰抓着马缰的手在抽搐，可他没说话，也许他哽咽了。乔把行李搬下马车，约翰叫住他，让他拉住马，自己走向站台。可怜的乔！他的脸紧紧贴向我们的头，为了不让别人看见他在流泪。

很快，火车吐着蒸汽进站了。仅仅两三分钟后，车门关上，乘警吹响口哨，火车开始滑行了，留下的只有团团白气和沉重的心。当火车走得看不见了，约翰返回来。

"我们再也见不到她了，"他说，"永远不会了。"他拿过马缰，跳上马车，和乔一道慢慢驾车回家，只是这个家已不再是我们的家。

PART 2

伯爵府

第二天早晨吃过早饭,乔给美兰格套上夫人的轻便马车,准备去教区牧师的住宅了。他先来和我们道别,美兰格在院子里朝我们嘶鸣。然后约翰给姜蚕戴上马鞍,给我套上缰绳,骑着我们穿过村子,去二十四公里远的伯爵府庄园效命,那儿就是武什么伯爵的府邸。伯爵的府邸很精美,马舍设备很齐全,我们穿过石头门进入庭院。约翰要求见一位约克先生,这位约克先生姗姗来迟。他是一位中年人,相貌堂堂,一说话就透露出一种不容辩驳的威严。他对约翰很友好,彬彬有礼。他只朝我们这边扫了一眼,便叫来马倌带我们去了自己的畜栏,然后邀请约翰去吃一些茶点。

马倌带我们进了一个明亮、通风的马棚,分派我俩到两个相邻的畜栏,然后给我们擦洗身子,喂食。半小时后约翰和约克先生来看我们，约克先生将是我们的新马车夫。

约克先生仔细打量我俩之后说："曼利先生，我挑不出一点毛病，可众所周知，马和人一样性格各异，所以有时要区别对待。关于这两匹马的个性癖好，我想知道您有没有什么要对我说的。"

约翰说："那这么说吧，我想这一带再找不出比他俩更好的马。和他们分开让我心痛欲绝，不过他俩确实不一样。那匹黑马的脾气好到让人无可挑剔，我想他自从生下来从没被骂过或打过，迎合满足主人的意愿是他最大的乐趣；而那匹栗色马则不同，我猜她经历过不少磨难，马贩子对我们说了好多她的过去。我们刚见到她时，她脾气暴躁、性格多疑，不过当她发现我们家很安全后，这些不良习性逐渐消失了。这三年来，我从未见过她发一点脾气，如果对她好一点，这世上再找不出一匹比她更温顺、更心甘情愿的马了。不管怎么说，她的天性里比黑骏马多了几分易怒的脾性：苍蝇叮咬时她更易躁；马具不适合时她更易急；要是待她不好或不公平，她肯定会以牙还牙。你知道许多烈马都会这样做。"

约克说："当然了，我很理解，可你知道这儿有这么多马棚，马倌们有好有坏，让所有马倌都做到体贴周到不容易。我会好好做，可有时我得交代别人做。不管怎么说，我会记住你的话，多关照那匹母马。"

他俩刚要走出马棚，约翰停下来说："我还是得补充一句，我们以前从未给他俩用过颈上控制缰，那匹黑马从未戴过，马贩子说正是驯马时用的衔铁毁了那匹母马的脾气。"

约克说："哦，但是他们来了这儿必须要戴控制缰。我本人喜欢松一点，伯爵对马也很宽容，可是我家伯爵夫人就另当别论了。她喜欢有型的，如果她的马控制缰拉得不紧，她连看都不要看一下。我一直反对用衔铁，在我骑马时可以不上衔铁，不过夫人骑的时候就必须拉紧！"

约翰说："真是遗憾，太遗憾了，可我得走了，否则会误了火车。"

他绕回马棚最后再拍拍我俩，道个别，他的声音听起来那样地悲伤。

我把脸紧紧贴向他，那是我唯一的道别方式。他走了，从此我再也没见过他。

第二天武伯爵来看我们，他似乎对我们的外表很满意。

"我对这两匹马很有信心,"他说,"我朋友乡绅戈登向我介绍过他俩的性格。当然啦,他俩颜色不太搭,不过我觉得,在乡下拉车时,马的颜色不搭也无所谓。如果去伦敦,我会换巴伦和黑骏马搭档。我相信黑骏马用来骑是最完美的了。"

然后,约克告诉伯爵约翰提供的关于两匹马的忠告。伯爵说:"好的,你多关注那匹母马,控制缰勒得松点。我敢说,开始时,多迁就迁就他们就会适应得更好。我和夫人也说说。"

下午时分,我们穿戴好马具,套上马车,马棚里的钟敲了三下时,我们被领到伯爵府宅门前。宅邸尽显奢华,面积是波特维克的老房子的三四倍,如果说马也有自己想法的话,我觉得这里一点都不如那里亲切。两个仆人已经在等候,他们身着褐色制服,鲜红的裤子,白色长筒袜。一回神,我又听到有丝绸窸窣作响,原来是伯爵夫人从石阶上走下来了,她绕过来观察一下我们。她个头高大,满脸傲气,好像对什么都不满意,不过没说啥,然后进了马车。这是我第一次戴颈上控制缰,不得不说,尽管不能随心所欲,想低头就低头,让人厌烦，但是也并没有像调教我时勒得那么紧，头抬那么高。我倒是担心姜蜇，不过她看起来对现状没有什么不满。

接下来的一天，同样是三点，我们和仆人又在门口等候。丝绸裙子窸窣作响，夫人走下石阶，颐指气使地说："约克，你必须把马头勒得高一点，这样很不雅观。"

约克下车，毕恭毕敬地说："对不起，夫人，只是这些马有三年未戴控制缰，伯爵说一点一点让他们适应会安全些。要是夫人您喜欢，我倒是可以稍稍调高一些。"

"调高吧。"她说。

约克走到我们面前，亲自缩短控缰——我想有一个洞眼的距离吧。控缰长度每变化一点，不管是变长还是变短，我们的感觉非常明显。不巧那天有一段险峻的山路要爬，这时候我才深深领教了名不虚传的颈上控制缰。当然，我多想往前使劲伸脖子，鼓足劲把车拉上山，可不行啊，我的脖子被高高勒起，力气被白白耗光了。我只能靠背部和四条腿使劲拉车。回到家后，姜蜇说："你今天见识控制缰了吧。这还不算最坏，要是就一直这样，不再勒更紧，我不会说什么，因为伯爵府对待我们还不错。要是他们再往紧勒，你瞧着，让他们好看！到了我忍受不了的时候，我就不忍了！"

日子一天一天过去，控制缰一个洞眼一个洞眼在缩短，面对佩戴马具，我不再是往常一样满心欢喜的期待，而是开始心存恐惧。姜蜇也看起来焦虑不安，尽管她很少流露出这种情绪，最后我想最糟糕的应该过去了，因为一连好几天，马夫都没再继续缩短控制缰，我下决心要好好适应，做好自己，尽管现在控制缰是一个无休止的折磨，毫无乐趣可言。但事实上，更糟糕的事还在后面等着我们。

争取自由

一天，伯爵夫人比往常下来要晚一些，丝绸的沙沙声倒是比以前更响。

"驾车去公爵夫人家，"她说，略微停顿后说，"约克，你打算永远不把那两匹马的头抬高了吗？马上勒高，别再迁就他们，太荒谬了。"

约克先走向我，马倌站在姜蜇头前。约克把我的头拽高，把控制缰调短，太紧了，我几乎忍不了了。他然后走向姜蜇，姜蜇正不耐烦地晃着脑袋乱拽嚼子，这正是她的风格。她很清楚接下来要面临什么，约克刚从洞眼中抽出缰绳打算勒得更紧，她抓住时机，突然后腿直立，正好狠狠地撞了约克的鼻子，把他的帽子撞飞，马倌也被撞得四脚朝天。但他俩迅速地一齐扑向姜蜇的头，姜蜇毫不示弱，不停地蹦跳、弹踢，简直是不顾一切。最后，她在我的腿上狠狠踹一脚，接着腿又踢到马车的套马杆上，就这样被绊倒了。要不是约克快速趴到她的头上让她动弹不得，后果可能会更糟。约克又喊道："解开黑马！快去拿摇柄旋开套马杆的螺丝！来人！如果解不开绳子，就剪断它！"一个男仆跑去拿摇柄，另一个从房子里拿来刀子。马倌很快把我和姜蜇以及马车分开，拉我进了畜栏。他把我安全地关进去，又跑回去帮约克。刚刚发生的事情让我情绪激动不已，假如我以前习惯于蹦跳弹踢，那时一定按捺不住自己。不过我从未踢过人，所以只是站着，满腔怒火，我腿疼，头依然紧紧吊着，牢牢地拴在马鞍上，无可奈何。我自己惨兮兮的，现在不管是谁靠近我，我都想踢他。

过了不久，姜蜇被两个马倌抓进来了，她被打得遍体鳞伤。约克一同进来，安排妥当姜蚕又来看我，他很快解下了我的控缰。

"该死的控制缰！"他自言自语，"我想我们马上要挨批了。主人很恼火。可是如果一个丈夫管不好自己的女人，当然更管不好下人，反正我不干了。要是她参加不了公爵夫人的花园聚会，我也没什么办法。"

约克并没有当着众人说这话，有人时他总是谦恭有礼。此刻他把我全身检查了一番，马上找出我腿关节上被踢的位置，这个地方肿了，很疼。他让人用海绵蘸热水给我擦伤口，然后抹上药剂。

武伯爵听说发生的意外后火冒三丈，他批评约克不该屈服于夫人，约克回答说，以后会只服从伯爵大人的命令。可依我看，这话是白说，因为后来的事情和以前没有两样。我想约克也许会站出来为他的马说话，但是我可能做不了这个主吧。

他们再也没用姜蚕拉车，当她身上的伤好利索了，伯爵的一个小儿子说他想要姜蚕，因为他确信姜蚕会是个好猎手。至于我，我还得继续拉车，只是换了个新搭档叫马克斯，他已对控制缰习以为常。我问他是怎么忍受的。

他回答:"我忍受控制缰是因为我必须这么做,可它在折我的寿,如果你一直戴下去也会折你的寿。"

我问:"你觉得咱家主人知道控制缰对马不好吗?"

"我不确定,"他回答说,"不过马贩子和马医都知道。我曾在一个马贩子家待过,他负责调教我和另一匹马搭档拉车。正如他说,他在训练我们抬高头拉车,一天比一天高。附近的一位绅士问他为什么这样做。他回答:'因为如果不这样,人们就不会买这匹马。伦敦人总是希望马把头高高昂起,昂首阔步地行走。这样当然对马很不好,但是好卖啊。马戴上控制缰很快就会耗尽体力,或者感染疾病,不过人们会再买一对马回去。'"马克斯说,"那是他说话时我听到的,你自己思量思量。"

在为伯爵夫人拉车的漫长的四个月里,我因为控制缰吃的苦头一言难尽,我十分确信,要是这段时间持续再长点,我的身体一定会垮掉,要不就是我的脾气会变得暴躁。在那之前,我从来没尝试过口吐白沫的苦头,可现在,锋利的嚼子不停摩擦我的舌头和下巴,控制缰整日紧紧绑着我的头和喉咙,我的嘴上多多少少会有泡沫。有些人认为这是好现象,说:"这马精力真旺盛!"可马和人一样,口吐白沫都是不正常的啊,这说明一定是身体哪儿不舒服了,应该好好照看一下。除此之外,控制缰经常扼住我的气管,让我呼吸都困难。干一天活儿回到家,我的脖子和胸部疼痛、紧张,我的嘴和舌头发炎、敏感,筋疲力尽、萎靡不振。在以前的家里,我可以把约翰和主人当朋友,可如今,尽管吃得好住得好,身边的人也不错,可我总是没朋友。约克本该知道,很可能他确实知道,控制缰对马来说是多么痛苦的折磨。不过,我想他认为这是理所当然,但又无可奈何的事吧,所以他没有付出哪怕一丁点儿努力来缓解我的痛苦。

安妮小姐和一匹脱缰的马

早春时节,武伯爵和他家里的几个人去了伦敦,约克也随行去了。我、姜蜇还有其他几匹马留守家中备用,马倌总领负责照管我们。

哈丽特小姐身患残疾,待在家里,从不驾车外出,而安妮小姐喜欢和表兄弟们外出骑马。她骑术高超,不仅长得漂亮,而且性情快乐温和。她选我当她的坐骑,并且管我叫"黑奥斯特"。在寒气逼人的大晴天驮着小姐出去散步让我很享受,有时和姜蜇一道,有时和利兹结伴而行。利兹是匹浅栗色母马,血统纯正、步履优雅、活泼可爱,男人们很钟情于她。不过姜蜇对她了解比我多,说她很容易紧张。有位叫布兰特尔的绅士待在府里,他常骑利兹,把她夸得天花乱坠。有一天,安妮小姐命令人把自己的马鞍套到利兹背上,布兰特尔的马鞍套在我背上。我们走到大门口时,布兰特尔似乎十分不安。

"为什么要换?"他问,"你厌倦了你的黑奥斯特了吗?"

"不,绝对不是,"她回答,"不过只是想让你骑一次他。我呢,就想试试你这匹魅力无比的利兹,看我体贴人吧。你不得不承认,利兹从个头到长相都比黑奥斯特更像女人的马。"

"拜托了,听我的,不要骑她,"他说,"她很迷人,可她很容易紧张,小姐们骑她不合适。我向你保证,她并不安全,求你把马鞍换过来吧。"

安妮小姐笑着说:"亲爱的表哥,你的好心我心领了,可不用担心哦。自从小时候我就开始骑马，而且有过多次追随猎狗打猎的经验，尽管我知道你不赞同女人打猎，可事实就是事实，我执意要骑你们男人都喜欢的利兹，所以帮我上马吧，朋友。"

布兰特尔再没说什么，他把她小心扶上马鞍，检查一下嚼子和马缰绳，把控制缰轻轻交给她，然后他骑到我背上。正要出发时，一个仆人拿着一张便条出来，是哈丽特小姐写来的信。她让安妮和布兰特尔帮她去阿诗礼医生家问一下信上的问题，然后再把答案带回来。

村子在一点六公里外，而医生家又在村子的最远那头。我们一路欢歌到了他家门口。从大门到屋子有一段路，两边绿植夹道。

布兰特尔在大门口下马，正要去给安妮小姐开门，可她说："我就在这儿等着，你可以把奥斯特的缰绳挂在大门上。"

他看着她，有些担心。"我不到五分钟就回来。"他说。"哦，不要着急。我和利兹不会跑掉的。"安妮回答。布兰特尔把我的缰绳挂在大门铁栏杆上，转眼就被树荫挡住，看不见了。利兹安安静静站在离路边就几步远的地方，背对着我。我家小姐随意坐在马背上，缰绳松松地搭在手边，嘴里还哼起了小调。我侧耳听着布兰特尔的脚步声走到屋前，然后听到他敲门。马路的另一边是个牧场，大门敞开着。就在这时，一些马拉着货车和一群小马从里面跑出来，乱哄哄的，一个小男孩尾随着把鞭子甩得啪啪直响。那群小马很粗野、顽劣，其中一匹猛地穿过马路，跟跟跄跄地跌撞到利兹的后腿上；我不确定让利兹受惊的是这匹蠢马，还是啪啪作响的鞭声，或者是二者都有。利兹猛地踢腿，然后像离弦的箭一样跑了。这太突然了，安妮小姐差点掉下马，不过她很快抓牢坐稳。我大声尖叫，希望有人来帮忙。我一遍一遍叫，焦急地踢踏着地面，不停甩头拽脱缰绳。没等多久，布兰特尔跑出来。他仓皇四顾，刚好看见前面不远处的马路上利兹驮着安妮在飞驰。他立刻跳上马，无须马鞭、无须马刺，我和布兰特尔心情一样急切。他身子往前倾，我们冲向前方。

一跑就是七百五十米，马路很平坦笔直，之后是个右转弯，弯道尽头是两条岔道。在我们距离弯道还远的地方时，安妮就消失在视野里了。她走了哪条岔道呢？有个妇人站在她家花园门口，手遮着阳光焦急地朝马路那边张望。布兰特尔几乎没时间勒住马,大喊道:"你看见她走的哪条路?""右边那条!"妇人回答,同时用手指给我们看。我们很快走上右边岔道。有那么一会儿,我们又看见安妮了。她接着转弯,又看不见了。后来我们看见了她好几次,可一转眼又看不见了。我们根本不可能赶上她们。一位老修路工站在一堆乱石旁,铁锹扔在地上,双手上扬。见我们走近,他示意有话说,布兰特尔勒住马缰。"去公用草坪那儿!她拐到那边去了。"我熟悉这块草坪:这里大多数地面崎岖不平,上面欧石楠丛生,金雀花四处蔓延,不时还会冒出几棵枝丫乱伸的荆棘树;有的地面平坦宽敞点,草长得不高,但到处都是蚁穴和鼹鼠洞。这儿是我所知道最不适合策马奔跑的地方了。

我们刚到公用草坪,就又看见了身穿绿装的安妮小姐在前方飞驰。小姐的帽子被吹掉了,长长的棕色秀发向后飘散在空中。她的头和上身都向后仰,好像已力不从心,力气快被耗尽了。很明显,崎岖的路面使利兹的速度减慢了,我们应该有机会赶上她。

当我们在大路上奔跑的时候,布兰特尔几乎完全跟着我的直觉前进;可是现在,他手握缰绳,双眼警觉,娴熟地指引我跑过草坪，一点都没有减速，我俩一定要追上她们。

在欧石楠丛中央有一个新挖的排水沟，挖出的土随意扔在排水沟另一边。这一定能挡住她们的去路吧！可并没有。利兹几乎没有停顿就纵身一跃，可却被地上乱丢的土疙瘩绊倒了。这时，布兰特尔声音颤抖着说："奥斯特，跳过去！"他勒紧马缰，我集中精力，一跃而起，跳过了排水沟和乱土堆。

我可怜的小姐，一动不动地趴在欧石楠丛中，脸埋进了泥土里。布兰特尔跪在地上叫她名字，但她没有回应。他轻轻把她的脸转过来，只见她面色苍白，双目紧闭。"安妮，亲爱的安妮，说话呀！"可她没有应答。他解开她的衣扣，松开她的领结，检查一下她的双手和手腕。然后猛地站起，仓皇环顾四周，希望有人来帮忙。不远处有两个人在割草，他们刚才看见脱缰的利兹疯跑，还放下手中的活儿去准备抓她。

布兰特尔招呼了一声，他们便赶过来。先来的人似乎很有同情心，主动询问怎么样帮忙。

"你会骑马吗？"

"哦，先生，我不擅长骑马，不过为了这位小姐，我愿意冒这个险。冬天的时候，她对我老婆有过恩啊。"

《黑骏马》

"那就骑上这匹马,朋友——不会有危险的——去找医生,让他马上来,然后去伯爵府,告诉他们你看到的一切,让他们派马车来接,带上安妮的仆人和帮手。我留在这儿等。"

"好的,先生,我一定办到,祈求上帝让小姐睁开眼睛吧。"然后,他对另一个割草的人说,"过来,乔伊,快去拿水,让我老婆尽快照顾安妮小姐。"

他随后爬上马鞍,嘴里喊声"驾——",双腿用力夹紧我的肚子,绕过排水沟出发了。他没有鞭子,这似乎很让他苦恼。不过我的速度之快马上打消他的顾虑,他发现只需夹紧马鞍,抓牢我就好了,所以他的胆子慢慢大起来。我尽可能不颠他,不过,有一两次路面不平时他会喊:"慢点!哦!慢点!"在大路上奔跑时毫无问题。我们先去了医生家,又回到伯爵府,他一丝不苟地完成了差事。人们请他进屋喝点水。他说:"不了,我要穿过田野抄小路赶回去,一定得赶在马车前到达。"

接到消息后,伯爵府上下一片骚动。我刚被关进畜栏,卸下马鞍和辔头,盖上毯子。姜蜇就被戴上马鞍,立刻被派去接乔治勋爵,我随即听到车轮滚滚出了庭院。

姜蛰过了很久才回来，后来只剩下我们俩，然后她告诉我她看见的一切。

"我就知道一点，"她说，"我们几乎一路狂奔，到那儿时医生刚好骑马到了。有个妇人坐在地上，小姐的头枕在她膝盖上。医生往小姐口中倒了些药，我听见他说：'她还活着。'然后有人拉我走开一段距离。过了一会儿，人们把小姐抬上马车，我们一起回来。我听见主人对一位绅士说话，这位绅士让他什么也别问，可主人还是说希望骨头没断，希望她还能和乔治勋爵带姜蛰去打猎，约克直摇头，他说要有个靠谱的人来调教马一段时间，而不是像乔治勋爵这样一个粗心大意的骑手。"

姜蛰一度喜欢打猎，可有时当她回来时，我能看出她筋疲力尽，她还不时地咳嗽两声。她太高傲不屑于抱怨，可我禁不住为她担心。

事故之后两天，布兰特尔来看我。他赞许地拍拍我，并告诉乔治勋爵，他敢保证我像他一样对安妮的安危感同身受。"我当时要不是迫于无奈就不该骑利兹，要是骑奥斯特就不会有事了。"从他们的对话中，我听出我家小姐没事了，很快又可以骑马了。这对我来说是个好消息,我期待幸福的时光快点到来。

鲁本·史密斯

现在我要讲一讲鲁本·史密斯,约克去伦敦的这段时间,由他负责马房事宜。没有人比他对自己的业务了解得更全面,在他清醒的时候,没人比他更忠诚、更有用。他在照料马时,温和耐心、方法得当、医术精湛,堪比专业马医,因为他曾和一位兽医外科医生一起生活过两年。

他骑术一流,赶四马驾如同赶双马驾一样游刃有余。他外表英俊、知识广博、举止优雅,我觉得大家都喜欢他,当然马也不例外。唯一让人不解的是,他只得到一个卑微的职位,而不是像约克那样当了马夫总管。他有个致命弱点:嗜酒如命。他倒不像有些人,成天沉迷酒池。他可以一连几个礼拜甚至几个月滴酒不沾,然后会破一次戒,像约克说的那样"发一次酒疯",给自己脸上蒙羞,让妻子接受一次恐怖主义洗礼，给周围人惹祸上身。但是，他清醒时的确干活得力，约克有两三次站出来息事宁人，没让伯爵知道。可有天晚上，本应由鲁本把参加完舞会的一群人送回家，可他却喝得酩酊大醉，连缰绳都握不牢，最后还是一位绅士跳上驾马位，把小姐夫人送回家。当然，这次纸包不住火，鲁本立马被开除，他可怜的妻子、年幼的孩子也被统统赶出庄园大门口那间漂亮的小屋，另找出路。老马克斯之所以跟我说这些，是因为这已是好久前的事了。不过在姜蜇和我来这儿前不久，鲁本又被召了回来。约克在伯爵那儿替他说了情，伯爵心又善，鲁本呢，也发誓在他有生之年绝不再沾一滴酒。他一诺千金，至今从未破戒，约克想，他总算可以在自己离任的时候被委以重任，接过自己手中的权柄了。鲁本的确聪明过人、可靠忠厚，似乎没人比他更合适。

现在是四月，伯爵一家人可能会在五月回来。布兰特尔上校因公务紧迫要回到军队，所以就安排鲁本驾驶轻便的布鲁厄姆马车送他去镇上，然后再驾车返回。鲁本拿了马鞭，选中我来拉车。送到火车站后，上校给了鲁本一些碎银，同他道别，同时叮嘱道："鲁本，照顾好你家安妮小姐，不要让一些自命不凡、胡作非为的家伙随便骑走黑奥斯特——只有安妮小姐才可以骑他。"

鲁本把马车放在修车铺里维修,然后骑我去了白狮旅馆,命马夫款待我一顿,说下午四点回来骑我返程。我一只前蹄上的马蹄铁的钉子在来的路上松动了,可这个马夫在即将四点了才发现。鲁本直到五点才回来,又说他六点才走,因为刚遇见一些老朋友。马夫和他讲了马蹄铁钉的事,问用不用修理修理。

"不用,"鲁本说,"坚持到家肯定没问题。"

他说话大喊大叫、漫不经心。我纳闷了,马蹄铁松动了他竟然觉察不到,这可不像他所为,因为通常他对我们蹄铁上松了的钉子会极其细致地检查修理。而且,晚上六点他并没回来,七点没来,八点了还是没来,听到他喊我时,已经快九点了,喊声又吵又凶,好像他情绪很不好。他甚至对马夫出言不逊,虽然我不知道原因是什么。

旅馆老板站门口道别:"史密斯先生,要小心骑!"可鲁本却没有好气地骂骂咧咧。还没出城他就开始策马狂奔,不停地用鞭子狠狠抽我,尽管我已经跑得飞快了。

月亮还没有升起，天空一片漆黑。道路新修葺不久，遍地乱石。在这样的路上全速奔跑，我蹄铁上的钉子变得更松了，当我们逼近收税关卡时，我的马蹄铁干脆掉了。

要是鲁本神志清醒，他应该会觉察到我的步伐出了差错，可他喝得太多根本没注意到。

过了收税关卡有一段长长的路，路面新铺了石头——又大又尖的石头，马在上面快跑肯定会有危险。就在这样的路上，我赤着一只脚，被驱赶着全速奔跑，鲁本不住地用鞭子抽我，满嘴恶言，嫌我跑得慢。可想而知，我那只赤着的脚剧痛无比，蹄子裂开，锥心地疼痛，石头尖无情地割到硬蹄里面柔软的部分。

我实在忍受不了。任何马都受不了对蹄子这样的酷刑，简直痛到了极点。最后，我被石头绊倒了，重重地摔到地上，双膝跪地，鲁本被甩出去很远，要不是因为速度太快，他也不会摔那么惨。我很快站起来，跳到路旁，找石头少的地方站着。月亮刚从树篱那边升起，借着月光，我看见鲁本躺在离我几米远的地方。他起不来，稍动一下，就疼得直叫唤。我也想叫唤，因为我的脚和膝盖都疼痛难忍，可马必须习惯于默默地忍受疼痛。我一声不吭，**静静地站旁边听着**。鲁本又叫唤了一声。尽管月光直直照着他，可我并没看见他活动一下。我无能为力，只是竭力侧耳等着马的声音，或者车轮声，或者脚步声的出现。这条路人烟稀少，又是在半夜三更，看来要等有人来帮忙得到几个小时之后了。我站着不停地眺望，竖着耳朵听声。夜晚很寂静，四月的夜冷清清，万籁俱寂，只有夜莺发出的几声婉转的低吟声。风停影静，只有云朵在月光中穿行，褐色的猫头鹰在篱笆上飞动。这让我回想起那些遥远的夏夜，在农夫格雷家愉快的绿色牧场里，我依偎在妈妈旁边，无忧无虑、幸福无边。

厄运降临

当我听到远处传来马蹄声的时候已经快要午夜了。马蹄声若有若无，然后越来越清晰，听着渐渐地近了。通往伯爵府的路要穿过一片林地，马蹄声就从那边传来，真希望是有人来找我们了。当声音逐渐逼近，我几乎可以确信我听到的是姜蜇的脚步声。声音又近了些,我还听出是姜蜇拉着轻便双轮车来了。我大声嘶叫,竟然惊喜地听到姜蜇同样用一声嘶鸣来回应我,同时伴有人们的说话声音。他们小心翼翼地在怪石林立的路面上行走,看到地上躺着一个人,立马停下来。

有个人跳下马车,弯下腰去看个究竟。"是鲁本,"他大喊,"他不动弹了!"另一个人也跳下车,凑过来看。"他死了,"他说,"他的手冰凉啊!"

他们扶他坐立起来,发现鲁本已没有气息,头发被鲜血浸透。他们放下他,过来看我,一眼看见我受伤的膝盖。

"怎么回事?这马摔倒过,把鲁本甩了出去!谁会想到这匹黑马会干出这样的事?没人相信他会摔倒啊。鲁本一定在这儿躺了好几个小时!有点蹊跷呀,那马竟然没有离开现场。"

罗伯特然后试着拉我走,我一迈步差点摔倒。

"嗨!他膝盖受伤,脚也受伤了。你瞧——他的蹄子都裂成几瓣了。可怜的家伙,可别倒下哟!楠德,你信不信,我担心鲁本出事前一定有状况。你想想,他竟然骑着一匹赤脚的马跑在这样的石头堆中!这么说吧,要是他神志清醒,他会立即绕道,从新月湾那边走,我怀疑他又犯老毛病了。可怜的苏姗！她来我家询问鲁本有没有回家时，脸色像鬼一样惨白。她告诉我她都快急死了，和我讲了好多可能绊住鲁本回不了家的情况。可尽管如此，她还是怕出意外，求我去找找他。可我们能做什么呢？得把尸体和那匹受伤的马弄回家，这可不是件容易的事啊。"

之后他俩商量了一会儿，决定让罗伯特当马倌拉我，楠德扛尸体。把尸体装上双轮马车可不容易，因为没有别的人来帮忙抓紧姜蜇的缰绳。可姜蜇似乎和我一样清楚发生了什么，她站稳脚跟一动不动。我之所以知道，是因为假如她不想配合，她一定会四处乱动的。

楠德拉着尸体缓缓地出发了，罗伯特又走过来检查我的脚，然后拿出手帕紧紧缠在我受伤的脚上，就这样我坚持走回家。那天的夜路让我终生难忘，那差不多五公里的路显得分外漫长。罗伯特慢慢地拉着我走，我竭力忍住剧痛，一瘸一拐地前进。我确信罗伯特很心疼我，因为他不时地拍拍我、鼓励我，尽力用愉快的声音和我说话。

我终于到了自己的畜栏，吃了些谷物。罗伯特先用湿布裹住我的膝盖，又把我的脚浸入用糠皮制成的糊糊里，这样可以祛火消炎，同时也可以起到清洁的作用。马医明早才能来给我医治。我费力地卧倒在稻草铺上，强忍着疼痛睡着了。

第二天马医来了，为我检查伤口，他说我的膝盖关节应该没受伤，但在这种情况下，我得好好休息，不要受累，不过我可能会落下一辈子的腿疾了。我确信他们尽力给了我最好的治疗，可痊愈过程漫长而痛苦。后来，我腿上结了痂，他们用一种很强的腐蚀剂先把它化开；等到伤口愈合了，又在我前腿的膝盖上涂抹上一种灼热的液体，说是要把毛脱掉。他们这样做有一定道理，我想应该是有好处的。

鲁本死得太突然，现场又没有见证，所以人们举行了一个公开庭审。白狮旅馆的老板和马夫，还有其他几个人出来做证，说鲁本从旅馆出发时已是酩酊大醉。收税关卡的看门人给出类似的证据，说他是强行闯过关卡大门的。此外，人们在石头堆里找到我遗失的马蹄铁，所以审判的结果一目了然：我不该受到指责。

大家都同情苏姗。她差点崩溃了。她一遍又一遍地反复念叨："哦！他是个好人——好人哪！都怪那该死的酒！挨千刀的，为啥要卖酒啊？啊，鲁本啊！鲁本！"直到鲁本下葬前她都不住地反复哭诉。丧事办完,因为她无亲无故,无家可归,不得不带着六个未成年孩子搬出大橡树旁的漂亮房子,住进阴暗的公立贫民院。

每况愈下

等我膝盖上的伤口完全愈合,就被关进了一个小牧场,据说我得在那儿待上一两个月。这个小牧场里只有我;尽管那甜美可口的牧草和无拘无束的感觉让我远离烦忧,可是早已习惯了群居的我时时被孤独困扰。我和姜蜇已是莫逆之交,现在好想她能陪伴我身边,一听到路过的马蹄声我就大声嘶鸣,可没有一次得到回应。直到一天早上牧场门开了,进来的不是别人,正是亲爱的姜蜇。

马夫解下她的笼头,丢下她走了。我咴儿咴儿地叫着,开心地跑向她;我俩相见甚欢,可不久,我发现她并不是为了让我开心才来这儿的。她身上发生了很多事情,一言难尽,可最终结局是,她因骑手纵欲无度而被毁了,现在被关进这里，等着看还能被分配点什么活儿。

乔治勋爵年少轻狂，刚愎自用，是个铁血的骑手，只要抓到机会就去打猎，从不考虑马的承受力。在我离开马棚不久，就有一场越野障碍赛马会，他执意要参加。马倌说姜蜇有些吃不消，不适合赛马。不管马倌怎么劝说，乔治一概不听，赛马场上，他鞭策姜蜇，非要她与最快的马并驾齐驱。姜蜇脾气倔，她使出所有劲儿，最终获得比赛的第四名。但与此同时，她的气管受损，而且因为骑手太重，她的背也拉伤了。她对我说："这不，我也来这儿了，咱俩都在这年富力强时被糟蹋了，你是被一个酒徒，我是被一个蠢驴，不值啊。"我俩都感觉不像以往那样精力充沛。不过，那也不影响我们一起相依为伴的喜悦。虽然我们不再能像以前一样撒欢儿奔跑，不过我们可以一起吃草、相互依偎，站在树荫浓密的大椴树下呢喃私语，一站就是几个小时。我们就这样快乐地度过一段时间，直到伯爵一家人从伦敦回来。

有一天我们看见伯爵来了牧场，约克也陪同来了。看见他们进来，我俩呆呆站着不动，等他们走近。他们仔细检查我俩的身体，伯爵看起来很恼火。

"三百英镑就这样打了水漂,白白扔了,"他说,"可我更在乎的是,这些马是我老朋友戈登送过来的,他本想给这些马找个好的落脚地,结果毁在我的手上了。那匹母马留下来再观察十二个月,看她恢复得怎样再做决定。不过这黑马必须卖掉了,很可惜,可在我的马棚里,马的膝盖不能有这种伤口。"

"当然不能啦,主人,"约克说,"不过倒是有个地方,对马的外表要求不高,可对马伺候得很周到。这个人在巴斯,拥有一家车马出租所,常寻找这些长相平庸但性情温驯的好马。我了解他很会服侍马。上次的公开庭审澄清了黑马的品性,有伯爵您的推荐,或者是我的,足以让那人接纳他。"

"约克,你最好写信给那个出租商。卖多卖少是其次,我一定要谨慎选个地方。"说完二人走了。

"过不了多久,他们就会带走你,"姜蚕说,"这样我就失去了唯一的朋友,咱们很可能彼此再也见不了面了。时世艰难啊!"

过了一礼拜,罗伯特拿着笼头来到牧场,套在我头上,拉我走了。姜蚕没有说再见,只是在我即将离开时,用马鸣声同我一唱一和，她焦急地沿着牧场围栏奔跑，向着我嘶叫，直到听不见我的脚步声。

通过约克引荐，那个车马出租商买下我。我要乘火车奔赴我的下家，这可是第一次，太考验我的胆量了。可当我发现不论是火车噗噗冒气声、急速奔驰声、汽笛声，还是最恐怖的车厢咔噔咔噔颠簸的声音都伤不到我时，我很快默然地接受了这一切。

当旅途结束，我发现自己来到一个相对舒适的马棚，吃住都还不错。但这些马棚没有以前住过的那么通透、那么让人心情舒畅。畜栏都建在斜坡上，而不在平地上。因为我的头总被拴在食槽上，所以不得不一直站在斜坡上，很费力。人们好像不太明白，如果马在休息时能站得舒服，随意转身，那干活时则会更卖力。不过，我吃得还不错，被擦洗时，也舒服。总体而言，新主人尽其所能给予我们贴心的照顾。他有许多种类各异的马和车供出租。有时他的手下骑，有时，连车带马出租给一些绅士或小姐自行使用。

短租马和驾车人

到目前为止,我遇到的驾车人至少都知道如何驾车。可来这儿之后,我将要见识形形色色的驾车技法:恶劣的、愚蠢的。而作为马,我只能全盘接受,因为我是一匹"短租马",只要有人愿意租,不管这人好或坏都会被租出去;再加上因为我有副好脾气,温良恭顺、值得信赖,似乎比其他马更容易被一些毫无驾车技巧的人租了去。要把我尝试过的所有不同的驾车风格一一列举,恐怕要没完没了,在这儿只提几种吧。

第一种可以称作谨小慎微的驾车人——他们似乎认为驾好车的关键全在于死死地抓紧缰绳,一刻都不能不拽紧嚼子,绝不能给马半点自由活动空间。他们总是坚持"把马牢牢控制在手里""让马昂首挺胸"的原则,就好像马天生自己不会昂首挺胸似的。

一些可怜的、历经磨难的马,他们的嘴就是被诸如此类的驾车人磨出了茧子,对缰绳的控制失去感觉。对于他们,以上论调也许可以站得住脚。可对于一匹知觉敏锐的马,他完全可以凭借自己的腿脚、敏感的嘴唇被轻松引导,以上论调倡导的做法不仅对马是种折磨，还愚蠢可笑。

接下来这种我们可以称为放任自流的驾车人——他们把缰绳松垮地搭在马背上，自己的双手懒懒散散地搁在膝盖上。当然，要是有个突发情况，这种驾车人对马完全无法控制。假如马受惊退缩、左蹦右跳或者被绊倒，他们只能束手无策，眼睁睁地看着悲剧发生。当然我不反对这种做法，因为我既没有退缩的习惯，也不会轻易摔跤，只是习惯于有驾车人指一下方向，或是鼓励两句。可在下坡时，我还是希望能感觉到缰绳的存在，知道驾车的人没在后面睡大觉。

此外，这种懒散的方式容易让马养成懒惰的坏习惯。一旦换个人来驾车，就得劳神费力地鞭策他改掉这些坏习惯。戈登乡绅总是让我们保持最佳的步伐、最优雅的举止。他说惯坏一匹马，放任他养成不良习性恰如惯坏一个小孩一样地残忍，最后只能自尝苦果。

同时，这些放任自流的驾车人通常很粗心大意，对马关心得很少。有一天，就有这么一个人驾我拉轻便四轮马车外出。车厢里坐着他的夫人和两个孩子。出发时，他漫不经心地把缰绳一搭，给我几鞭子，这么做当然毫无意义，因为我已经及时迈出了步子。大段的路面刚刚翻修,就是在早先铺上石头的地方,也会有许多乱石。驾车的人只顾着和老婆孩子谈笑风生、说东道西,哪里有空留神关注我,或者是引我走到平坦的路面上。果然,有颗石头卡到我的前脚上了。

在这种时候,要是换作乡绅戈登或是约翰,抑或是随便哪个好骑手,只要看我走三步就能发现问题。即使是天黑时候,一位经验丰富的驾车人也能通过缰绳感觉到马的步伐不正常,他就会下车拿出石子。可这位先生一味地说说笑笑,我每多走一步,那颗石子就会在我的蹄铁和软脚掌之间揳得更牢。这颗石子外圆内尖,众所周知,这种石头卡进马掌里可是最危险的一种,不仅割脚,而且让马更容易绊住摔倒。

到底那人是个睁眼瞎,还是出于粗心我说不好,可他让我脚上卡着石子走了八百米后,才意识到哪儿不对。到这时,我已是疼得走路一瘸一拐。终于被他看见了,他大喊:"啊,这可难办了!不至于吧,租给我一匹跛脚马!无耻!"

他随即打响马缰,挥舞着鞭子说道:"既然如此,在我这儿倚老卖老的没用,剩下的路让我自己走吗?装瘸扮懒?我可不吃你这一套。"

就在这时,一个农夫骑着一匹棕色矮脚马迎面走过来,他扶了扶帽子,拉住马说:"打扰一下,先生,我觉得你的马有点问题,他走路的样子就好像有石头卡在鞋上。不妨让我看看他的脚,这些零落的碎石子可能会伤到马,很讨厌的。"

"他是租来的,"驾车人说,"我也不知道他出了什么状况,把这么个瘸货租给我的人真是太不要脸了。"

农夫下了马,把缰绳往胳膊上一搭,然后抬起我的一只脚察看。

"你看我猜对了吧,就是有石头!瘸了?我想是快了!"

开始他试着用手使劲拔,可因为揳得太紧,他从口袋里抽出一把钳子,小心翼翼地把石头揪出来,费了不少劲。然后举着石头说:"看,这就是你的马卡在脚上的石头,太令人吃惊了,他竟然没有倒下摔断膝盖,不然你的买卖可就赔大了。"

"好吧,的确如此!"驾车人说,"太难以置信了!我从没听说过马脚还会卡进去石头。"

"你连这都不知道?"农夫鄙夷地说,"这种事经常发生,就是最好的马也常遇到这种事,尤其是走这种路面,那就更在所难免了。要是不想让你的马腿瘸,就必须密切关注,一旦卡进去，得立刻给拔出来。这只脚伤得很重，"说着，他轻轻放下我的脚，拍了拍我，"先生，不妨听我劝，你最好慢慢走一会儿。他的脚伤得很重，但不会马上瘸的。"

说完他跨上矮脚马，向车内的夫人举帽致意，然后骑马离开了。

农夫走后，驾车人开始甩动缰绳，打响马鞭，我明白是要我上路呢，我当然马上照做，拔出石头舒服多了，可还是有些痛。

以上就是我们这些短租马经常领教的驾车经历。

伦敦佬

还有一种驾车方式可以被称作蒸汽火车式的，这样的驾车人大多来自城市，从未自己养过马，基本上都是乘火车旅行。

他们总是把马想象成和蒸汽火车一样，只是小点而已。不同程度上，他们都觉得只要付钱租来马，马就得听任他们使唤，跑多远、跑多快、负多重都是他们说了算。不论道路泥泞难行，还是干爽整洁；不管是崎岖山路还是一路坦途；管它上坡还是下坡，他们脑子里只想一件事——跑、跑、跑，速度不能降，重负不能减，他们才不管马的感受。

这些人从没想过走出马车自己爬上陡坡。哦，那可不行，他们租马花了钱，那不能白花！马受不了？哦？他得习惯忍受啊！马是用来干什么的？不就是把人们拉上山的？走路！太搞笑了吧！因为他们这样想，所以鞭子就会像雨点般落下，缰绳频繁地咔咔作响，粗暴的侮辱骂声不绝于耳，"快跑，懒驴！"紧接着又来一鞭，尽管我们一直在拼命奔跑、毫无怨言、百依百顺，可换来的只有身心疲惫、濒临崩溃。

这种蒸汽火车式的驾车比任何一种驾车方式更容易让马体力透支。我宁愿由一位体贴周到的好师傅赶着走三十公里，也不愿被这种人赶着走十五公里路，他们让我心力交瘁、没有效率。

不仅如此，不管下坡路多么陡峭，他们几乎从不踩刹车，所以有时会发生严重的事故。赶上太阳从西边出来一次，他们下坡踩了刹车，可到山脚下又会忘记弹起刹车。不止一次地刹车紧紧地卡着轮子，我奋力把车拉上半山腰，那赶车人才会费心弹起刹车。那对马来说不是一般地耗力啊。

这些伦敦佬的所作所为可不像绅士，从马棚一来到庭院就要马全速奔跑，而不是缓缓起步。要是他们想停下了，首先会给马一鞭，紧接着猛拽缰绳，马如果站不稳，很可能会一屁股坐地上。久而久之，马的嘴唇也被勒成锯齿状——他们把这些叫作"急刹车"，尤其是在道路急转弯时，他们变本加厉，就好像马压根不知道往哪里走一样。

我清楚记得在一个春天的傍晚，我和罗伊在结束了一天的包租后往回走（罗伊是个诚实的好伙伴，有需要租两匹马搭档拉车时，我和罗伊是黄金搭档）。这次包租了我们家自己的马夫一同前往，他总是体贴周到、温文尔雅，所以白天拉车很顺利很愉快。日暮时分，我们迈着矫健的步伐回家。道路前方是个向左的急转弯，但是我们一直沿着路左侧的篱笆行走，而且离拐弯处还有一段距离，赶车的还用不着拉缰绳减速。刚走到拐弯角，我就听到一匹马拉着双轮车从弯道那边的斜坡上急速驶下。篱笆很高，我啥也看不见，可等看见时已经撞到了一起。罗伊的位置在我的右边，在马车右侧的车辕左侧，所以连一根替他挡一挡的杆子都没有。对面的驾车人径直冲向拐角，当他看见我们时,已经来不及揪住缰绳让马停下了,于是,对方就连马带车重重地撞向罗伊。车辕直直撞向罗伊的胸部,他踉跄后退两步,惨叫声让我刻骨铭心。对面来的马一屁股坐在地上,一边的车辕撞断了。我接着一看,才知道那马也是从我家出租所租来的,还有那辆年轻人十分中意的高轮轻便马车。

驾车的这家伙属于胡作非为、愚蠢无知之辈,连靠路的哪一边走都不知道,或许他知道,但根本不在乎。这么一撞,罗伊身上被撕开很大的口子,鲜血直流,可怜极了。人们说要是撞得再靠左一点他就没命了。可怜的罗伊,也许撞得再准一点,把他撞死,反倒对他是件好事。

事情已然如此,罗伊的伤口过了好久才痊愈,之后他被卖给矿山去拉煤车。那儿的境况如何,也许只有从煤山出出进进、上去下来的那些马知道。我也目睹过一些场景,一匹马拉着满满一车子的煤从山上下来,而煤车上是不能装刹车的,这场面深深刻在我的脑海里挥之不去。

罗伊残疾后,人们换了一匹叫潘基的母马和我搭档,她就住在我隔壁的畜栏。她很强壮结实,浅褐色毛发,身上有漂亮斑纹点缀,鬃毛和尾巴呈暗褐色。她出身并不高贵,但是很漂亮，脾气极好，干活主动。可我还是发现她眼里有一丝焦虑，我想她一定有什么不顺心的事。我俩第一次搭档外出，我就发现她走路姿势很奇怪：又像跑又像走，走个三四步，就会向前跳一下。这让任何一匹和她搭档拉车的马都感觉不爽，我常常因此焦躁不安。回了家，我问她是什么原因让她的步子那样别扭、不自然。

"唉，"她心事重重地说，"我知道自己有这个毛病，可我又能怎么做呢？这不是我的错啊；只能怪我腿太短，我站起来和你一般高，可你的腿从膝盖以上要比我长出足足七厘米，这样你迈一步的距离就比我远，走得也更快。腿长腿短不是由我自己决定。要是出生时自己能决定就好了，那时我就选择长四条大长腿。一切麻烦皆由腿短而起呀。"潘基说着，声音悲观沮丧。

我说："那你怎么还会如此壮实，练就一副好脾气，又心甘情愿呢？"

"无奈啊，你瞧，人们总是要求快，要是拖了别人的马的后腿，换来的只有鞭打，接连不断的鞭打。所以我不得不奋力赶上，时间长了就习惯这样拖拉着脚、不雅观地走。但事情并非本来如此，当我和第一任主人一起生活时，我走步总是很矫健整齐，他可不像现在人们那么急匆匆的。他在乡下当牧师，对我和蔼可亲。他在距离较远的两座教堂任职，工作量比较大，可他从不打我骂我，不嫌我走路慢，他很喜欢我。要是现在还能和他在一起，该有多好哇，可他得离开乡下去大城市工作，然后就把我卖给了一个农场主。

"有的农场主，你知道的，对马很好；可买我的这位对马苛刻粗暴。他可不在乎什么好马、好骑术，他只要你跑得快。我已经跑到最快了，可没用，他还是会不停地鞭打，所以我就落下走几步往前跳一跳的毛病。在赶集的日子，他会在酒馆里喝酒到深夜，然后策马扬鞭让我一口气跑回家。

"在一个漆黑的夜晚，他依旧这样赶着我奔跑回家，突然，车轮子撞上路边一块坚硬的大石头，双轮马车转眼就翻了，他被甩出马车，摔断了胳膊和几根肋骨。无论如何，和他一起生活的日子到头了，我一点也不留恋。不过，对于我而言，在哪儿都一样，因为人们要马跑得快。要是我的腿变长该有多好！"

可怜的潘基！听了她的故事我的心很不安，又不知如何安慰她。因为我知道让走不快的马和走路快的马搭档拉车是多么不易,她只有吃鞭子的份儿,可她又确实走不快。人们经常用她拉四轮马车,小姐太太们很喜欢她,因为她温和。后来她被两个女人买走,她们自己驾车,就想买这种可靠的好马。

我在乡下见过她几次,见她步伐稳健,看起来心满意足、心情愉快。这让我很宽慰,因为她值得有个好去处。

潘基走后又有一匹马来接替她。他年岁小,很容易受惊退缩,名声不好,就因为这些,他被从一个好主顾卖到这儿。我问他是什么原因让他容易退缩。

"嗯,我也不清楚,"他说,"我小时候就很胆小,有几次我被吓坏了,要是遇到什么古怪的东西,我常常侧着脑袋看——你知道,戴上眼罩,要想看清楚东西的全貌,就得转过头看——而此时主人总是用鞭子打我,这当然让我更受惊,恐惧一丝都不会减少。我想,如果他让我安心地看完那些东西,看清楚并不是什么有害的东西,情况可能会好点,我会慢慢地习以为常,不再一惊一乍了。一天,有位老人和他一道骑马,风吹起一大块白纸或是布片从我的一侧飘过。我先退缩几步又往前一跳。我家主人像往常一样狠狠抽我,但那老人呵斥道:'你错了!你错了!马畏缩的时候绝不可以打他,他退缩已经是由于害怕了,再打就只能让他更害怕,这习惯就很难改掉了。'所以我知道,并不是所有人都像我家主人这么做。我确信自己不是非要一惊一乍。可如果从来不允许我看清任何东西,我怎么知道什么危险什么不危险呢?对于熟悉的东西我从来不会害怕。我成长的那个庄园里有很多鹿,看到他们,我就像看到绵羊或者奶牛一样,感觉平淡无奇,可事实上鹿并不常见,据我所知,有些敏感的马会被他们吓到,在路过关着鹿的围场时,总会受惊乱扑腾一番。"

我完全理解这位小伙伴所说的话,真希望每匹幼马都能遇上像农夫格雷和乡绅戈登那样的好主人。

当然,有时候在这儿也会遇上好的驾车人。记得有天早上,我被套上轻便双轮马车,到了普尔特尼街的一户人家门前。两位绅士走出来,高个子的那位走到我头前,观察一下嚼子和笼头,用手调整一下颈圈,看看合不合适。

然后他对马夫说:"你觉得这匹马需不需要勒缰?"

"嗯,"马夫说,"他不上勒缰也会走得很好,他的嘴唇十分敏感,尽管他血气方刚,可拉车从不会出错,但多数人都喜欢上勒缰。"

"我不喜欢，"高个子绅士说，"拜托你解开它，把缰绳拴在马脸一边的带子上。马嘴敏感对于长途跋涉可是一件大好事，不是吗，老伙计？"说着，他拍拍我的脖子。

然后他拿起缰绳，两人一起上车。我还记得他掉转马头时用力很轻，甩动缰绳时也是很温和，他用鞭子轻柔地抽一下我的背，我们便出发了。

我脖子向前，步伐稳健。我感觉到后面坐的人知道该如何驾驭一匹好马，这感觉又好像回到从前，我心情舒畅极了。

高个子绅士很喜欢我，在给我备上马鞍骑了好几次之后，他便劝说我家主人把我卖给他的一个朋友，这人想买一匹骑着安全又愉快的马。所以接下来的故事是，到了夏天，我被卖给了班瑞先生。

窃粮贼

我的新主人是个单身汉。他住在巴斯，生意很忙。医生建议他骑马锻炼,所以他买下了我,又在离他寓所不远的地方租下了一个马棚,雇了一个叫菲尔切的人当马夫。我家主人对马知之甚少,可他对我真不错,我在这儿可是好吃好喝、安逸自在。他订购了最好的草料,里面掺了足量的燕麦和碎豆渣,还有糠皮掺野豌豆或黑麦秆,只要马夫提要求,他便有求必应。我听见主人下达命令了,所以知道会有足够的美食,本以为会衣食无忧。

几天来一切正常。我发现我那马夫业务精通,他把马棚打扫得干干净净、通风透气,为我擦洗身体也尽心尽力,总是很温和,从无例外。他曾在巴斯的一些大旅馆里做过马夫,后来辞了职位,回家种水果、蔬菜在市场上出售,他老婆在家养家禽和兔子出售。过了几天,我感觉吃到的燕麦越来越少,倒是有些碎豆渣,是与糠皮掺在一起的,燕麦少到几乎吃不出味道,连正常分量的四分之一也达不到。两三个礼拜下来,我的体力有些不支、精神有些涣散。草料也不错,可不混合着谷物一起吃,是不足以维持我的身体状况的。我无法抱怨,也无法让人知道我的需求,所以这种半饥不饱的状态一直持续了两个月,我就纳闷我家主人怎么半点问题也没察觉到呢。

不过，一天下午，他骑我到乡下看一个朋友，他的朋友是位农场主，家住在通往威尔斯的大道上。

这位乡绅一眼就能看出马的问题。在和我的主人寒暄几句后，他把目光投向我："班瑞，我看你的马可没有刚买下时那么好看了。他没生病吧？"

"绝对没有，"主人说，"不过倒是不像过去那么有活力了。我那马夫告诉我，马在秋天总会消沉、虚弱一段时间，所以这马应该处于这个阶段。"

"秋天？无稽之谈！"农场主说，"可现在只是八月份，你那儿活儿又不重、吃得又好，他可不该像这样每况愈下啊，即使是秋天也不会，你怎么喂他的？"

我家主人一五一十地说给他听。农场主有些迟疑地摇摇头，开始摸我的身体。

"我说不准谁吃了你的谷物，伙计，可我怎么也不信你的马把你说的东西全吃了。你过度地骑他了？"

"没有，从不让他吃力。"

"那伸手来摸摸这儿，"说着，他把手挪到我的脖子和肩膀那儿，"又热又湿，就像是吃草的马一样虚弱。我劝你多留意马棚的事。我不喜欢猜疑，而且谢天谢地，我也没理由猜疑，因为我那些下人不管我在或不在都很本分。可有些吝啬鬼会偷窃马的粮食，反正他们是沉默的牲口，真是缺德。你可得留心。"

他家马夫来拉我，农场主转向他说："给这匹马好好喂一顿烂燕麦糊，不要舍不得。"

"沉默的牲口！"是的，我们是。可如果我会说话，我一定告诉主人燕麦去了哪儿。我家马夫常在早上六点来马棚，还带个小男孩，男孩手里常拿着一个竹篮，拿块布遮着。小男孩总会跟他爹走进放马具的屋子，谷物就在那间屋子里。有时门半开着，我能看见他们从谷物仓里挖出燕麦放进一个小袋子里，然后小男孩拿着篮子离开。

从农场主家回来后的第五六天，小男孩正要离开马棚时，门突然被推开，一个警察走进来，紧紧抓住男孩的胳膊，另一个警察也进来，从里反锁上门，大声呵斥道："带我去你爹藏兔子粮食的地方。"

小男孩十分害怕，开始大哭，可他跑不了的，只能带路去了他家的谷仓。警察在那儿发现了另一个空布袋子，和小男孩篮子里发现的那个装满燕麦的袋子一模一样。

菲尔切当时正在清洗我的脚，警察很快找到了他，任凭他咆哮着狡辩，警察还是关了他禁闭，他的儿子也被关了进去。后来，我听说小男孩被判无罪，而菲尔切被判处了两个月的监禁。

十足的小人

我家主人没有立刻从受骗的阴影中走出来，可没过几天，他雇的新马夫就来了。论外表，他可是身材高大、一表人才，可要说世上有个披着马夫外衣的骗子，那一定就是阿尔弗雷德·史墨克。表面上看，他是个谦谦君子，从不虐待我；事实上，主人在场时，还故意频繁地拍拍我、摸摸我，秀给主人看。我要出门见人了，他总是拿水把我的鬃毛和尾巴梳洗得油光可鉴，用油把蹄子擦得锃光瓦亮，让我看起来标致、精神；可要说到清洗我的脚、检修我的铁鞋、做全身擦洗这些麻烦事，他才懒得管，把我当作奶牛一样地凑合着伺候。嚼子生锈了他不管，马鞍子常湿漉漉的他视而不见，因为擦洗得不彻底，我屁股那儿都结了痂。

阿尔弗雷德·史墨克对自己的外貌充满自信，他花好多时间捯饬自己的头发、胡子、领结，站在马房里的小镜子前摸摸这儿揪揪那儿。主人对他说话，他总是回答："好的，先生；好的，先生。"——每次说"好的"都用手扶一下帽子。周围的人都认为他是个不错的年轻人，班瑞能遇上他可真是走了大运了。可要是我说，他可是我遇见过最懒、最自以为是的家伙。当然了，我没受虐待就已经得谢天谢地了，可一匹马需要的远不仅如此啊。我在畜栏里不用被拴着，可以自由走动，要不是他太懒从不清扫，我在里面本可以住得舒舒服服的。他从不把我吃剩下的稻草秆子捡出去，地上堆了厚厚一层，从里面散发出难闻的气味。当这臭味连同湿气一起蒸发出来时，会呛得我眼睛发炎红肿、疼痛流泪，有时连吃东西都倒胃口。

有一天主人进来对他说："阿尔弗雷德，马厩里臭气熏天的，你好好清理一下，再用水灌灌下水道，可以吗？"

"好的，先生，"他手扶着帽檐说，"先生，只要您高兴，我会这么做，可是这样有危险，在马棚下水道灌水，马很容易感冒,先生。我是不想让马受伤害,不过您要高兴,我就照做。"

"嗯,"主人说,"我也不想让他感冒,可马棚里气味太难闻了。你觉得排水道没堵吧?"

"哦,先生,幸亏你提到了,确实有时排水道里会蹿出一股气味。先生,说不定里面真的堵了。"

"那就请砖匠来检查一下吧。"主人说。

"好的,先生,马上办。"

砖匠来了,搬起许多砖头,可没发现堵塞,只是在排水道旁边撒了些石灰,要了主人五先令,畜栏里的恶臭依旧。可这还不是最糟的。长期站在潮湿的、厚厚的稻草上,我的脚泡得软软的,生了脚病,主人常说:"也不知道这马怎么了,他总是蹑着脚走路。有时我都担心他会摔倒。"

"是的,先生,"阿尔弗雷德说,"我也注意到了,在出去遛他时就这样。"

可事实上他从没遛过我,主人忙起来时,我经常一连几天站在马厩里,无法伸展我的筋骨,而他给我喂得又过饱,就好像我干了很重的苦力活一样。这常常让我肠胃紊乱、肚子很撑、精神迟钝，更多时候会焦虑不安、头昏脑涨。他从不喂我绿草或糠皮粥，这些东西能降火。他不仅自以为是，还愚蠢无知，出现了问题，他不是让我多活动或调整饮食，而是喂我吃药丸和药剂；不仅是给我灌药的过程让我头痛，而且这些药常常让我病恹恹、恶心反胃。

有一天，主人骑着我走在很不光滑的石子路上，我的脚疲软无力，有两次跌跌撞撞几乎摔倒。主人从兰斯多恩进了城，在兽医站停下，让医生看看我的脚怎么了。兽医抬起我的脚一一检查，然后站起来，拍拍双手上的灰，说道："你的马得了蹄叉腐疽，很严重。他的脚现在非常敏感，幸亏他没倒下。你的马夫竟然没发现这些问题。这种病常出现在恶臭的马棚里，因为那里的垃圾从来不及时清除。如果你明天来，我会护理他的脚，同时把涂抹油交给你的马夫，并指导他怎么涂抹。"

第二天，兽医给我彻底清洗了脚蹄，并把浸透强效药水的短麻屑包裹在我脚上，这个过程很痛苦。

兽医要求马棚里的垃圾必须每天都得清理，地板也得擦干净，还必须喂我糠皮粥、绿草，减少谷物的分量，直到我的脚好起来。经过精心治疗，我很快恢复了元气。可班瑞先生两次被马夫欺骗，厌烦透了，决定不再养马，以后需要时租一匹用就好了。因此，我待在他家直到脚完全好了，然后又要被卖掉。

马市

毫无疑问，对于那些单纯看热闹的人而言，马市是个有趣的地方，不论如何，这儿有足够可看的事情。

一串儿一串儿的乡下来的幼马，仿佛带着泥土的气息，精神抖擞；一群一群的威尔士矮种马，个头顶多有美兰格那么高，显得蓬头垢面的；形形色色的拉车马，长长的尾巴被编成辫子，再用红头绳系住；许多像我一样的马，外表俊美、血统纯正，由于一些事故造成身体残缺，不是气管受损，就是别的什么瑕疵，最终落入中等马的行列。有的马器宇轩昂，如日中天，前途一片光明；他们潇洒地迈迈腿，高调地晒一晒步伐，由马夫前头牵着跑几步。可再往那不起眼的角落里看，那里挤着不少落魄的马，日复一日的艰辛劳作使他们最终被压垮，每走一步，关节都嘎嘣作响，后腿摇摇晃晃站不稳；也有一些垂头丧气的老马，下嘴唇松垮地耷拉着，耳朵死气沉沉地贴在脑后，好像生活里充满阴霾，没有盼头；有的马瘦骨嶙峋，肋骨条条可见；有的遍体鳞伤，不是背部受损就是屁股有疤。这些情景，任何一匹马看了都会伤心，可谁又能算到自己会不会落得同样的下场。

一轮又一轮的讨价还价，价格时而走高，时而被压低。假如马也能想什么说什么，那我要说，这马市上暗藏的谎话、猫腻，可不是一个聪明的脑瓜就能搞明白的。我和两三匹彪悍的大马站在一起，许多人凑过来看。像样点的绅士看见我那丑陋的膝盖都会转身就走，尽管我那主人向人家发誓说，那只是在马棚里滑倒摔的。

过来看我的人首先会掰开我的嘴看看，再检查眼睛，然后从上至下用手摸摸，腿怎么样，皮毛好不好，肌肉紧不紧，最后要我走两步看看有无腿疾。不同的人相马的方式千差万别。有的人手劲大，毫不客气，就好像在摆弄一块木头；而有的人手劲轻柔，不时拍一拍马，似乎在说"劳驾！请勿见怪"。当然了，我很大程度上是通过买主对我的举动判断他的人品好坏的。

有这么一个人，我想要是他愿意买走我，我会很幸福。他并不是上流社会的绅士，也不属于那种在人前大吹大擂、标榜自己是绅士的人。他身材矮小，可强壮有力、行动敏捷。他用手稍稍拨弄我两下，我就能断定他很了解马。他话音轻柔，灰色眼睛里闪烁着善良、愉悦的光芒。这么说可能听起来怪怪的，可我说的全是真心话。他身上散发出一种清爽的味道，让我不由得喜欢他，不是我讨厌的啤酒加烟草的味道，而是像刚从干草堆里走出来的那种新鲜的草味。他出二十三镑想买走我，主人不卖，他走开了。我望着他的背影，可他并没有回头。接着一个表情僵硬、嗓门粗大的家伙走过来。他会不会买走我呢？我极度恐慌，谢天谢地，最后他走了。又过来一两个人，都不是诚心买。那表情僵硬的人又回来了，出二十三英镑要买下我。这笔买卖险些达成，因为卖我的人开始意识到自己要价高不好卖，必须降点了，可就在这时那个灰眼睛的人又回来了。我情不自禁把头伸向他，他善意地摸摸我的脸。

"好吧，老伙计，"他说，"我想咱俩都妥协妥协，我出二十四英镑买下他。"

"给二十五英镑你拉走吧。"

"二十四镑十便士，"他斩钉截铁地说，"再连六分钱都不会加，卖不卖由你。"

"成交！"卖马人说，"你放心好了，那马的优点数也数不完，让他去做包租马，你可就赚大了。"

当场付了钱之后，我的新主人拉着我的缰绳，走出马市到了一家旅馆，那儿有已经准备好的马鞍和笼头。他给我美美地喂了一顿燕麦，站旁边看我吃，时而自言自语，时而说给我听。吃完了我们出发去伦敦，在风景宜人的乡间小路上走了半个小时，就上了伦敦大道。我们不紧不慢地走，直到傍晚时分我们进了伦敦市。华灯初上，街道纵横交错、四通八达。我心里想啥时候能走到头呀。最后，沿着一条街，我们一直走到了一个长长的出租马车场，我家主人兴奋地喊道："晚上好啊，理事！"

"你好！"理事也喊话，"你买到好马了？"

"我想是吧。"我家主人说。

"祝你好运。"

"多谢，理事。"说着，他骑我继续往前走。我们马上拐进了一条小巷，走到半路又拐进一条狭窄的街道，一侧是破

《黑骏马》

旧的房舍，另一侧看起来像马房和马棚。

我家主人在一所房子前停下，吹了声口哨。门应声而开，一个年轻女人，后面跟着一个小女孩和一个小男孩跑出来。一家人热热乎乎地聊着，主人下了马。

"哈利，好儿子，打开大门，妈妈去拿灯笼。"

过了一会儿，我们便进了一个小的马房庭院，一家人围在我周围打量。

"爸爸，他温和吗？"

"很温和，多莉，就像你那小猫咪一样，过来拍拍他。"

马上就有一只小手无所顾忌地在我脖子上左拍拍右拍拍。感觉好极了！

"我去给他端一盆糠皮粥来，你给他挠痒痒，让他卧倒解解乏。"妈妈说。

"去拿去拿，多莉，他正需要吃点糠皮粥，我知道你已经把一盆可口的糠皮粥准备好了。"

"还有香肠汤团和苹果馅饼！"男孩喊道。全家人笑语熙熙。我被拉进一个舒适、整洁的马棚，里面有充足的干草可吃，我又美美地吃了一顿晚餐后躺下，幻想着苦尽甘来。

伦敦出租马

我的新主人名叫杰里米亚·巴克,可大家都叫他杰瑞,我也叫他杰瑞吧。他的妻子叫波莉,男人的理想伴侣。她体形丰腴、行动麻利、身材小巧,乌黑的头发柔顺亮丽,眼睛乌溜溜的,还有一张像樱桃一样甜蜜的小嘴。他们的儿子十二岁了,高个子,性格直爽、脾气温和;小多罗茜,人们也叫她多莉,跟她妈妈像一个模子刻出来的,八岁了。

全家人相亲相爱、其乐融融,这是我所见过最和睦、最幸福的一家人。杰瑞拥有一辆出租马车、两匹马,自己跑出租,自己料理马。除我之外的另一匹马是匹高大的白马,人们叫他"上尉"。他上了年岁,不过年轻时一定气宇轩昂,至今仍能看出他身上的那份傲气。事实上,他血统高贵、举止高雅,是马中的贵族,每一根毛发都散出贵族气质。他跟我说,他年轻时参加过克里米亚战争,曾是一位骑兵团军官的坐骑,是战场上的冲锋马。之后我会详细讲到他。

第二天早上,在给我清洗完毕后,波莉和多莉来马房小院看我、陪我玩。哈利从大清早就来帮他爸爸照料我,他这样评价我，说我一定是"多面手"。波莉给我吃一片苹果，多莉拿来一块面包，让我受宠若惊，就好像回到了"黑骏马"的幸福旧时光。家人的恩宠、善意的言语让我倍感荣幸，我急切地想让他们知道我有多感恩。

波莉觉得我很英俊，要不是因为那难看的膝盖，我当出租马可真是大材小用了。

杰瑞说："当然是谁的错已经无从考证，不过只要没有确凿证据，我就绝不会怀疑他的品性。因为我从没骑过一匹比他更稳重、更利索、更精神的马。我们叫他'杰克'吧，用那匹老马的名字，你说怎么样，波莉？"

"就叫杰克！"她说，"我喜欢把他的美名延续下去。"

"上尉"整个上午跑出租。哈利放学回家来喂我吃喝。下午我跑出租。杰瑞不厌其烦试我的颈圈大小、笼头松紧，这让我想起了约翰·曼利。最后他把牵鞍尾带往紧调了一两个洞眼，就全部弄合适了。不用戴控缰，不戴马衔索，只是戴一个常见的马嚼环。真是谢天谢地！

穿过那条小巷，我们来到昨晚杰瑞跟人打招呼的那个大大的出租马车场。街道对面高楼林立，里面的商品琳琅满目，街道这边是一座古老的教堂,带着庭院,四周尖铁栅栏围绕。

沿着这铁栅栏停靠着许多出租马车,等待接客,地上散乱地放着些干草。人们三五成群说说话;有的人则坐在车厢上面读报纸;还有一两个人在伺候自己的马吃干草,或是饮水。我们在队伍尽头的马车后面停下。两三个人围过来,对我评头论足。

一个说:"这马在葬礼上用挺合适。"

"恐怕太俊了,"另一个像智者一样的人摇摇头说道,"过不了几天你就会看出这马的破绽,否则我不叫琼斯。"

"哦?"杰瑞打趣地说,"我想还没等他露出破绽,我自己反倒暴露了缺点。要这样,我得抖擞抖擞精神撑下去。"

之后来了个宽下巴的人,穿着灰上衣,披着灰斗篷,扣着大白扣子,头戴灰帽子,一条蓝色羊毛围巾松垮垮地围在脖子上。他头发也是灰的,不过这人看表情倒不让人讨厌。刚刚那几个对我评头论足的人给他让道。他上下打量我一番,仔细到就好像要买下我,然后嘴里咕哝着直起身子,说道:"杰瑞,这马你可买对了,不管你花了多少钱,他都值。"这样,我在这出租马车场上有了自己的名气。

这人名叫格兰特,可人们叫他"灰色格兰特",或是"格兰特理事"。他在这出租马车场待的年份最长,以摆平事端、解决纠纷为己任。总的说来,他很诙谐幽默、睿智精干;可要是他脾气上来,往往是喝了很多酒后,没人愿意靠近他,因为他会用拳头狠狠地揍你一下。

当出租马的第一个礼拜比较煎熬。我对伦敦一点都不熟,穿梭于嘈杂喧闹的大街小巷,人们行色匆匆,车马拥挤堵塞,这些常让我惶恐不安、心力交瘁。不过还好,我及时发现主人驾车技术娴熟、值得信赖,所以也就放平心态、随遇而安了。

杰瑞是我遇见的最好的赶车人之一,不仅如此,他对马就像对自己一样体贴周到。他很快发现我任劳任怨、干活十分卖力。他从不用鞭子打我,只是要提醒我出发了,才用鞭梢在我的背上轻轻一拂;可大多数时候,他一拿起缰绳我就明白要出发了,我看他的鞭子大多数时候是别在腰带一侧,而不是拿在手上。

我和主人在很短时间内便达到相互了解、配合默契的程度。他把马棚也整理得井井有条,尽可能让我们住着舒适。畜栏还是老式的，有一定坡度。不过他在畜栏后面装了两根活动横档，这样在晚上，我们要休息了，他就把缰绳解开，用横档拦住，我们便可以随意活动，想怎么站就怎么站，这能让我们彻底放松。

杰瑞给我们清洗得很干净，食物也总能搭配出花样，而且能吃得饱。不仅如此，他总是给我们充足的干净水喝，除了在我们干完活儿，身子很热时，他总把水摆在我俩旁边。有些人说可不能让马想喝多少就喝多少。可我自己清楚，要是我们想喝水就能喝水，那每次喝的量不会太多，这对我们很有好处；而如果因为我们不能及时喝到水，直到严重口渴，才会给递过来半桶水，然后一饮而尽，这样对我们其实是一种伤害。一些马夫会回家喝酒，一走几个小时对我们不管不顾，扔下些干稻草、燕麦让我们吃，没有一点水来润润喉咙；然后等回到马棚后才递过来一桶水，我们会一次性喝得太多，久而久之，呼吸道就会因此受损，有时会坏了肚子。不过我们在这儿最快活的时光是礼拜天休息，我们在工作日里拼命工作，总担心给主人拖了后腿，到礼拜天我们才放松。另外，礼拜天我和另一匹马可以做伴，就是在这些日子我才了解到他的过去。

老战马

"上尉"从一开始就是要被调教和训练成一匹战马的。他的第一任主人是骑兵连军官,出国参加过克里米亚战争。"上尉"说自己很喜欢与其他马一起训练,全体齐步跑、向左转向右转、立定,或是听长官吹响号角、发出指令后全速向前冲。他年轻时可谓十分英俊,毛色暗灰、带点斑纹。他那年轻有为的主人十分喜欢他,从开始就待他很好、尽心尽力。他告诉我他觉得战马的生活很有趣,可后来由于登上了被运往海外作战的轮船,他才完全改变了想法。

"这个经历糟透了,"他说,"因为我们不会从码头岸上直接走上船的甲板,所以人们必须在我们肚子下面套上结实的皮带,然后不管我们如何挣扎,将我们四脚离地吊起,再通过空中传送绳索将我们荡到大油轮甲板上。运输过程中,我们被关在狭小的畜栏里,几乎见不到太阳,腿也得不到舒展。轮船有时遇上狂风,会在海浪里翻卷,我们会在船舱撞来撞去,难过极了。

"旅途终于结束了,我们被拉到甲板上,再被吊起来像荡秋千一样荡到岸上。此时我们的喜悦之情溢于言表,我们相互喷喷鼻息，面对面发出嘶鸣，来表达喜悦，庆祝又一次脚踏上坚实的大地。

"我们马上发现刚登陆的这个国家与英国真是天壤之别，除了战争我们还要克服许多困难。不过许多战士都很爱惜自己的马，尽管这个国家常常大雪纷飞、阴冷潮湿，而且处于战乱，战士们都尽量让自己的马感到舒服。"

"可战争是什么样的？"我问，"战争不是最万恶的吗？"

"哦，"他说，"我并不觉得。我们很喜欢听到冲锋号声，听到被召唤，然后迫不及待向前冲，不过有时我们得一连几个小时不动，等待发号施令；只要命令一下，我们就箭步向前，兴奋、急切，在枪林弹雨中纵横驰骋。我相信，只要感觉到主人稳稳坐在马鞍上，他的手牢牢握着马缰，没有一匹战马会恐惧害怕，就是看到炸弹在空中盘旋，然后炸成无数碎片也决不会畏缩不前。

"我跟着我那智勇双全的主人，参加了许多战役，毫发无伤。尽管我目睹了战马中弹倒下，被长矛刺穿，被大刀砍得血肉横飞；尽管我们踏着他们的尸体，冲破敌人的枪林弹雨，或是眼看着他们被疼痛折磨死去，我也从未打心底里害怕过。我主人激人奋进的声音，不仅鼓励着战士们，而且让我觉得我俩永远不会死掉。我对他百分百信赖，只要他指挥，我冲向炮弹口都在所不惜。我看见许多勇士被杀，许多被砍死，掉下马背。我听惯了死亡带来的号叫和呻吟，我在血流成河的战场上奔跑，看到尸横遍野，得小心绕开才不至于被绊倒，所有这些，都没有让我丧失勇气。直到有一天，那是悲惨的一天，我被恐惧俘虏了，那一天我永远不会忘记。"

老马"上尉"说到这儿停顿了好一会儿，长长地叹了一口气，接着说道："那是个秋天的早晨，像往常一样，破晓前一个小时，我们骑兵连就整装待发，一切准备就绪，等待发号施令，看是打还是等。战士们侧立在战马左右，听候一声令下。随着天色亮起来，军官们似乎有些骚动。天还没大亮，敌军的枪就响起来了。

"接着一个军官骑马过来，命令大家上马。一声令下，所有人都上马，所有马都蠢蠢欲动，只等缰绳拽动或是骑士双腿一夹的那一刻，我们便会像离弦的箭，奔赴战场，英姿勃发、众志成城。不过我们个个训练有素，不会轻易躁动，除了咀嚼马嚼子，或是不时地甩一下脑袋。

"我和我亲爱的主人在队伍前列,全部人马屏气凝息、伺机而动,主人用手拨弄一下我凌乱的鬃毛,轻轻把它理到适当的位置;然后他拍着我的脖子说:'贝阿德,我的美人,今天有一场硬仗要打。不过我们会像之前一样完美收场。'我想他那天早上抚摸我的脖子的时间要比以前长;他默默地摸了好久,好像脑子里想着别的事情。我喜欢他的手在我脖子上的感觉,所以开心地拱着脖子让他摸,心里无比自豪。我一动不动站着,因为我了解他的情绪,知道他什么时候想让我安静,什么时候想让我兴奋。

"那一天发生的事我不可能一一复述,在这儿只和你讲我们一起向敌人发起的最后一次冲锋。敌人的加农炮前是一条鸿沟,打了那么多年仗,我们已经习惯了战场的残酷、重机枪的咆哮、火枪的火力全开、子弹擦着身子呼啸而过。可我从未遇见过这么猛的火力:子弹和碎弹片从四面八方向我们打来。许多勇敢的士兵倒在了血泊中,许多战马也被击中倒下,他们背上的战士被甩在地上。许多失去主人的战马在战场上狂奔,脱离了队伍。可不久便不堪忍受失去主人的恐惧,又向同伴靠拢过来,和他们一起冲向敌人。

"恐怖面前,没有一个止步不前,没有一个掉头逃跑。每过一分钟,队伍就被削弱一点,但是前面的同志倒下了,我们续上来。我们不但没有被敌人火力打散,而且在接近敌人炮火时我们的步伐更紧凑、更坚定。

"我那亲爱的主人右手高高举起,激励大家向前冲,刚好一颗子弹从我头上'嗖'的一声掠过,击中了他。我感觉到他被打中的那一刻,身子沉了一下,可他并没喊,我尽力放慢脚步,可他的剑从右手滑落,抓缰绳的左手也松了,他的身子向后倒了下去,整个人掉到了地上。其他士兵像洪水一样向前涌,这股不可抗拒的力量驱使我丢下主人冲向前方。

"我多想留在主人身旁,不让奔腾的马蹄践踏他,可没有用。现在我孤苦伶仃地在这大屠宰场里流浪,恐惧俘虏了我,我战战兢兢、惶恐不安,所以不由自主地学着别的马,尽力加入队伍和他们一起奔跑,可挥舞的刀剑又把我打得离了群。正在此时,有一名士兵的战马倒下了,他抓住我的缰绳跳上马背,带着他我继续冲锋,可是这支勇猛的队伍被击败了,从这场激战中死里逃生的战士们回来了。有些马伤势严重,因为失血过多不能动弹了;有些马一条腿受伤,但还是拖拉着往前走，啊，高贵的勇士啊；还有一些马后腿被子弹击中，只能挣扎着用前腿撑着爬起来。战后，伤病员被带回去救治，而死者则被埋葬。"

"那受伤的马怎么办？"我问，"让他们等死吗？"

"不会，随军马医手拿机枪检查战场，伤势重的马全部当场击毙；伤势轻微的被带回护理。可是，这些高贵忠诚、任劳任怨的战马，大部分在那天早上上了战场就再没有回来！马棚里只有四分之一的马生还。

"我再也没见过我那主人。我想他是坠地死了，他是我最钟爱的主人。后来我又参加了许多别的战役，不过只有一次受伤，而且不严重。战争结束后我又回到英国，和离开时一样完好无损、身强体壮。"

我说："以前听人们谈论战争就好像它很有意思一样。"

"唉！"他说，"我想说这些人一定没经历过战争。不错，如果没有敌人，只是训练、阅兵、军事演习，倒是很有意思。可当你看到成千上万的热血男儿、不计其数的战马死在战场上，或落得终身残疾，那可是另一番景象。"

"你知道他们为什么打仗吗？"我问。

"不知道,"他说,"马怎么能理解人的事,不过要是劳师动众、远跨重洋专门去杀他们是正确的,那敌人一定是十恶不赦的大坏蛋。"

杰瑞·巴克

我从未见过比我新主人更好的人。他温和善良,和约翰·曼利一样坚持真理,脾气极好、性情愉悦,很少会与人发生争执。他很喜欢写短诗,并唱给自己听。他十分喜欢的一首是这样写的:

"我有一个家,

爸爸妈妈从来不吵架,

兄弟姐妹常一起玩耍,

家是避风港,

家是幸福源,

我有一个家——快乐无比的家。"

他们一家人正是这么做的——哈利像大男孩一样干活麻利,总是欣然帮忙擦洗马具;波莉和多莉呢,也是一大早来帮忙——刷刷掸掸、擦擦玻璃;杰瑞则清理马棚庭院。他们其乐融融、欢声笑语不断,和这愉快的一家人待在一起,我和"上尉"总是心情舒畅,这可比整天听着骂声和抱怨声开心多了。他们干活总是赶早,因为杰瑞说过:

"假如你在早上

虚度时光,

纵使白日漫漫

无法补偿。

任你手忙脚乱、焦虑忧伤,

逝者如斯,

只留念想。"

杰瑞最不能容忍漫不经心、游来荡去、浪费时间。如果遇到有人因拖拖拉拉即将迟到,要求杰瑞狠命赶车快跑,来弥补他落下的时间,这时杰瑞最容易发怒。

有一天,有两个神色慌张的年轻人从租马场附近的小旅馆出来,朝着杰瑞喊:"过来,赶车人!快点,我们要迟到了!加油跑,带我们去维多利亚火车站赶一点的火车,可以做到吗?我们会多给你一个先令。"

"先生,我只能以正常速度拉你,你也不用为我拼命赶车奔跑而多付钱。"

拉里的包租车就在旁边,他立刻打开车门,说道:"我可以做到,先生!坐我的车,这马会准时把你送到。"

那两人上车,拉里关上车门,对杰瑞挤挤眼睛说道:"让他拼命跑有悖于他的良心。"然后狠抽一鞭他那羸弱的马,赶着出发了。杰瑞拍拍我的脖子说:"杰克,用一先令买我做这种事,我不干,你说对吗,老伙计?"

尽管杰瑞死心眼地反对拼命赶车来迎合这些漫不经心的迟到者,可如果他认为真有必要,他也会加速奔跑,节省时间。

我清楚记得有一个早晨,当我们在站台上等乘客,看到一个背着沉重行李包的年轻人,一脚踩到了橘子皮上,重重地摔倒在人行道上。

杰瑞第一时间跑过去扶起他。他被摔得晕头转向,人们扶他进了一家商店，他每走一步都疼得龇牙咧嘴。杰瑞已经回到站台，可过了不到十分钟，那个年轻人又喊他，所以我们停靠在人行道上。

"你能带我去东南火车站吗？"年轻人问，"真不巧，摔了这一跤，恐怕赶不上火车了，可我有十分重要的事，一定不能错过十二点那趟火车。要是你能带我准时赶到，我会万分感激，而且会多付路费作为酬谢。"

"我会努力帮您赶上火车，"杰瑞真诚地说，"如果先生您觉得自己的身体没问题。"因为那人此时脸色很苍白，身体很虚弱。

"我必须赶上火车，"他恳切地说，"请您开车门吧，不要再浪费时间。"

杰瑞迅速上车，嘴里发出独特的欢快的啾啾声，缰绳一颤，我便上路了。

"好嘞，杰克，我的伙计，"他说，"快点跑，让他们看看什么叫帮人难处，在所不辞。"

在高峰期，要想快速驾车通过闹市可不是一件容易的事，街道上车流拥挤，可我们尽力抓紧时间；而且，只要一个好的驾车人搭档一匹好马，彼此默契，心往一处想，那一定会创造奇迹。我的嘴唇很敏感——只要缰绳轻微一颤，我就立刻明白主人的意思。在伦敦，大街上的车数不胜数、形色各异，四轮马车、公共汽车、马拉货车、厢式货车、卡车、出租马车、巨大的货运马车，而且它们列成长龙像蜗牛一样蠕动，要想成功穿过车流可不是一件易事。有的车往这边来，有的往那边去，有的开得很慢，别的车就想超到前面。公交车每隔几分钟就会停一下让乘客上车，尾随在后面的马车也必须跟着停停走走，或者要超过它，挤到前面去，可当你正要超车，别的车辆已经伺机夹到你和公交车之间，你只能尾随在公交车之后了。好不容易又出现了一次机会，终于可以插到前面，可这十分考验技术：车轮和车轮贴得很近，再靠近哪怕三厘米，就会相互剐蹭。好吧，你前进了一点，但很快发现你置身于一条长长的车流中间，不得不像人走路那样慢慢前进。说不准什么时候就会发生堵塞，你不得不站好几分钟，直到有一辆车开到边道，或是交警介入指挥疏通。一有机会向前走，你必须眼疾手快——前面有空位要立马冲上去，要像鼠狗一样机敏，及时发现空位，抓住机会，不然你的马车就会被牢牢困住,或者被撞到,甚至周围马车的车辕有可能直击你的胸部或肩膀,对于所有这些你必须做好心理准备。要想在高峰期快速穿过伦敦,是需要长期经验的。

我和杰瑞已经熟练了。只要我们执意要穿过去,没人能阻挡我们,我反应敏捷、胆大心细、信赖主人;杰瑞既动作麻利又心平气和,也信赖他的马,这太重要了。他几乎不用鞭子,当他想让我加速跑时,他嘴里会发出独特的啾啾声;当他手抖动缰绳发出咔嗒咔嗒的声音,我明白是要出发了,所以鞭子没必要用。现在该言归正传说说那天的事了。

那天街道十分拥挤,不过我们很顺利,一直跑到齐普赛街尽头,遇到了三四分钟的拥堵。那年轻人探出头来焦急地说:"我想还是下车吧,要是一直堵着,恐怕永远到不了车站。"

"先生,我会尽力的,"杰瑞说,"我觉得可以赶上。这次堵的时间不会太长,而且您的行李太重,您也背不动吧。"说话间前面的货车开始动了,然后就轮到我们走啦。堵一会儿,通一会儿,我们尽自己的能力能走多快就多快,大概是老天有眼,伦敦桥上畅通无阻,因为所有的车马都排成长龙,朝同一方向赶路,也许都是要赶上十二点那趟火车。不管过程多么艰难，最后，刚好在大本钟的指针指示十一点五十二分时，我们同其他许多车辆一起涌进车站。

"感谢上帝，我们赶到了，"那个年轻人说，"更要谢谢你，我的朋友，还有你这匹好马。你替我节省下时间，这不是钱能买到的，请您收下这半个克朗吧。"

"不，先生，不用，谢谢你的好意。能准时赶到真是太开心了，您现在别再逗留，进站的铃声响了。来一下，搬运工！替这位先生搬一下行李——去多佛十二点的火车——去吧。"没再多寒暄，杰瑞赶着我转弯往外走，好给别的赶时间的车马让出空位，然后在一旁站着等高峰期过去。

"哦，可怜的年轻人，他不停地说'真幸运''真幸运'，我真想知道是什么让他如此着急赶火车！"在我们站着等时，杰瑞总是自言自语，不过声音足够大，我也听得见。

当杰瑞赶着我回到租马场找到自己的位置站定后，周围的人都来打趣、逗弄他，说他狠命赶车去火车站就是为了多赚钱，他们嘲笑杰瑞违背原则，还追问杰瑞到底向人家多要了多少钱。

"可比一般情况多多了，"说着，他顽皮地点点头，"他给我的钱足够我吃香喝辣好几天了。"

"骗人吧!"有人说。

"他的确骗人,"又有人说,"他经常给我们讲大道理,自己肯定也是那样做的。"

"听我说,老兄,"杰瑞说,"那位先生给我半克朗,我没收。看到他准时赶上火车时的喜悦,就是对我最大的酬劳;再说了,我和杰克偶尔也想快跑,痛快痛快,但这是我们自己的事,与别的人没关系。"

"好吧,"拉里说,"你一辈子也富不了。"

"极有可能啊,"杰瑞说,"可我知道我不会因为富不了而有半点不愉快。我听过许多遍《圣经》里的《十诫》,里面从未说过'你要富起来'这样的话。而圣经《新约》里讲到许多有关富人的奇闻逸事,我常想,假如我是个富人,我会感觉很不自在。"

"如果你真富了,"格兰特理事把头伸出马车,扭回头说道,"你是善有善报,杰瑞,你不会因为拥有财富而受到惩罚。至于你,拉里,你会因贫困而死,因为你经常鞭打你的马。"

"哦,"拉里说,"我能怎么办呢,不用鞭子他不走啊。"

"你从来没有耐心看看,不打他他到底走不走,你那鞭子总是乱挥,就好像你那胳膊得了圣威图斯舞蹈症,你看着,迟早不是你累死,就是你的马累死。你不停地换马,你知道为什么吗?因为你从不让他们消停,从不给他们一点鼓励。"

"哦,我总是运气不好,"拉里说,"这才是问题所在。"

"照这样,你永远不会走运,"理事说,"好运气可不会随随便便降临,它很挑剔,一般会青睐脑子灵、心肠好的人,至少我的经验是这样。"

格兰特理事掉转头又去看报了,其他人各自走回自己的车马位。

礼拜天的出租马车

一天早晨,杰瑞刚给我套上马车,正在系牢带子,一位绅士走进院子。

"我可以为您做点什么,先生?"杰瑞说。

"早上好,巴克先生,"那位绅士说,"我想和你谈谈每个礼拜天早上送布里格斯夫人去教堂的事。我们现在去新教堂,那儿太远,她走不过去。"

"谢谢您的好意,先生,"杰瑞说,"可我只有每周六天的营业执照,所以不能周日拉车赚钱,这样是违法的。"

"哦!"那位绅士说,"我不知道你的是每周六天的营业执照,不过要更换成每周七天的很容易,我不会让你吃亏的。事实上,布里格斯夫人很喜欢坐你的车。"

"我很乐意为夫人效劳,先生,不过,我曾经用过每周七天的营业执照,工作太辛苦,马也累得受不了。年复一年的,没有一天的空歇,也不能和老婆孩子一起过个礼拜天,更不能去教堂做礼拜,而我在从事包租行业之前,礼拜天是经常去教堂的,所以在过去五年里,我一直用的是每周六天的营业执照,我发现一切都因此好起来了。"

"好吧,的确如此,"布里格斯先生说,"每个人都应该有休息,都应该在礼拜天去教堂,不过,我原以为你并不会介意让你的马跑这么一小段距离,而且只是每个礼拜天上午去一趟,整个下午和晚上就都是你的,你也知道,我们可是很好的顾客。"

"没错，先生，是这样，非常感激你们的青睐，只要能为您和夫人效劳，不论何事，我都深感荣幸和幸福，可我真的不能失去礼拜天。我从《圣经》里读到上帝造了人，他还创造了马及其他动物，同时他创造了一天休息日，规定所有生物每七天里要休息一天。先生，我总是想上帝一定知道什么是对的，而且我确信这样规定对我也是有好处的。我比以前更强壮更健康，就得益于这一天的休息，马也可以趁这一天恢复元气，而不至于很快耗完精力，拥有六天营业执照的赶车人都这么说，而且我在银行里存下的钱比以前多了。至于老婆和孩子，怎么说呢，他们欢欣鼓舞！不论用什么来交换，他们都不愿让我再回到一周工作七天的日子。"

"噢，是很好，"那位绅士说，"巴克先生，不再打扰您了。我再去别的地方问问。"说着便走出院子。

"你瞧，"杰瑞对我说，"我们帮不上忙，杰克，老伙计，因为我们必须要有礼拜天啊。"

"波莉！"他大声喊道，"波莉！来这儿。"

她马上来到我们面前。

"发生了什么事，杰瑞？"

"是这样，亲爱的，布里格斯先生想让我每周日早上送他夫人去教堂。我说我用的是每周六天的营业执照。他说，去换一个七天的，不会让我吃亏的。你知道，波莉，他们可是经常照顾咱的顾客。布里格斯夫人常去商店，一去几个小时，或是去拜亲访友，她付给我的车费公道合理，很大方，不像有的人，常会砍价，或者明明走了三个小时，却非要说是两个半小时。他家的活儿对于马来说也很轻松，可不像是拉着晚来十五分钟的，再一路狂奔去赶火车那么吃力。如果我不在礼拜天送她，也许我们会彻底丢掉他们这样的好顾客。你怎么看呢，老婆？"

"我说，杰瑞，"她慢慢吞吞地说，"我想说，纵使布里格斯夫人每个礼拜天早上出一枚金币让你送她，我也不要你再一个礼拜全部出去跑出租。我们尝过没有礼拜天的滋味，而现在我们终于知道什么叫有自己的礼拜天。谢谢上帝，你挣的钱足够养活我们，尽管有时在买完马料、扣完税、交完房租之后所剩无几，可是哈利很快要挣钱了，我宁愿一家人比现在更勤奋挣钱，也不愿回到那些可怕的日子，那时你根本没时间看一眼自己的孩子，一家人从来不能一起去教堂做礼拜，即便是一家人安静愉快地共度一天也是妄想。上帝也不会同意我们再过那样的日子。这就是我要说的，杰瑞。"

"亲爱的，这也正是我刚和布里格斯先生说的话，"杰瑞说，"这是我要坚持的原则，波莉，不用担心。"（因为波莉已经开始抽泣）

"就是给我双倍价钱，我也不会过那样的日子，所以我们现在把事情讲明了，老婆。开心点，我要出发去站台了。"

这次谈话过去三个礼拜了，布里格斯夫人一直都没来坐车，所以杰瑞只能在车站里等活儿。他心情很低落，因为在车站里接的活儿，对马和人来说都更累一些。不过波莉总是鼓励他说：

"别伤心难过，

别灰心沮丧，

将其余的留给上帝。

一切都会解决的，

在某一白天或者黑夜。"

杰瑞丢掉最好的顾客这件事马上传开了，原因大家也清楚了。大多数说他傻，不过也有两三个人站在他这一边。

"如果劳动者不能坚持在礼拜天休息，"特鲁门说，"那他们逐渐会一无所有。礼拜天休息是每个人的权利，也是每个动物的权利。上帝创造万物时创造了礼拜天，英国法律也规定了每个人都要休息。要我说，我们要牢牢抓住赋予我们的权利，让我们的子孙后代也享受这一权利。"

"你们这些信宗教的人真是站着说话不腰疼，"拉里说，"我能多挣一分是一分。我可不相信宗教，因为我没看出你们这些信教的比我们这些不信教的好在哪儿。"

"如果你们没有过得更好，"杰瑞打断话说，"那是因为你们不是真正的教徒。你也可以因为有的人不遵守法律就说英国法律不好。如果一个人不克制自己的脾气，随意诋毁邻里、负债不还，那他就并不是真正的教徒，我才不管他多久去一次教堂呢。不能因为有人是假教徒就怀疑宗教。真正的宗教是世界上最好、最真实的东西，是唯一能让一个人真正开心、让世界真正变好的法宝。"

"要是宗教真的那么好，"琼斯说，"那这些宗教信徒就不会让我们在礼拜天工作，而你知道，正是这些人让我们礼拜天不得休息，这就是我说宗教是个骗局的原因，难道不是吗？如果这些人不去教堂，我们礼拜天出来有什么意义？但是用他们自己的话说，他们有优先权，而我却没有。要是我连救赎自己灵魂的机会都没有，那只能寄希望于他们对我的灵魂负责。"

好几个人对琼斯的话拍手称赞，只有杰瑞说："你这话听起来似乎有道理，但是没有任何意义，自己的灵魂要自己负责。你不能像抛弃弃儿一样把他丢在别人的门口，希望别人来照顾他。你没看见吗，如果你总是坐在马车上等待乘客，别人会说：'我们不坐他的车，让其他人去吧，因为他礼拜天不跑出租。'当然了，他们不会把事情做绝，否则他们会说，'我们再也不会坐你的出租马车，让你站那儿白等'，人们并不喜欢把事情做绝，因为这会给自己也造成不方便。不过，如果你们这些礼拜天跑出租的人都坚持要休息，那事情就解决了。"

"可如果这些忠实的宗教信徒因为坐不到车而听不到他们心仪牧师讲道，那该怎么办呢？"拉里说。

"给别人定计划可不是我的事。"杰瑞说，"可是，如果他们走不到远处可以到个近处的。如果天下雨，他们可以像工作日一样穿上雨衣。一件事要是正确就去做，要是错误就别做，一个正常人总会找到办法。这话对去做礼拜的人适用，对我们这些跑出租马车的人也一样。"

黄金准则

又过了两三个礼拜，有一天傍晚，我们很晚才回到庭院，波莉手提着灯笼从路的对面跑过来，天要是不下雨她总会这样来接杰瑞。

"杰瑞，事情有了转机。布里格斯夫人今天下午派她的仆人来过，让你明天上午十一点钟送她外出。我说：'好的，那没问题，不过我们以为夫人已经雇了别人接送她了。'

"'唉，'他说，'事情是这样的，因为巴克先生拒绝礼拜天工作，我家主人很生气，就雇了别的马车，可试了好几家都不满意：有的开太快，有的开太慢。夫人说没有一辆马车像你家的一样干净舒适，只有你家的车让她坐得心情舒畅。'"

波莉兴奋得快喘不过气来,杰瑞听了开怀大笑。

"'一切都会解决的,在某一白天或者黑夜'。亲爱的,你说得一点没错。你总是对的。快回屋准备好晚饭,我把杰克的马具卸下,让他早点安息。"

打这以后,布里格斯夫人像往常一样频繁搭乘杰瑞的马车,但从不会在礼拜天搭乘,不过有那么一次我们礼拜天拉车了,事情是这样的。周六晚上回到家我们都累了,满心欢喜地憧憬着第二天休息,可偏偏事情并不如此。

礼拜天早上杰瑞正在庭院为我清洗,波莉走过来,看起来心事重重。

"怎么了?"杰瑞问。

"哦,亲爱的,"她说,"有人给可怜的黛娜·布朗带了一封信,说她妈妈病得很重,要是还想见妈妈最后一眼,就得马上赶回去。她娘家在乡下,离这儿十多公里远。黛娜说如果她坐火车,那还得走六公里。她四个礼拜前刚生完小孩,身体很虚,走上六公里吃不消。她问你能不能送她,钱一定会照付,因为她自己有钱。"

"唉!我们从长计议。我不是担心钱的问题,而是担心又浪费一个周末,人马都疲惫——这才是我担心的。"

"这么说是很烦心,"波莉说,"要是你走了,就只剩半天礼拜天了,不过我们要想别人怎样对待我们,我们就应该怎样对待别人。我完全可以想象,如果是我妈妈病危,我会怎样。亲爱的杰瑞,这样做肯定不会破坏上帝赐予每一个人的安息日,因为我们就像是把一头可怜的野兽或驴子拉出陷阱,这与安息日并不冲突,我想去送可怜的黛娜也不会与安息日冲突。"

"怎么,波莉,你讲得和牧师一样好啦!那就这么定了,因为我一大早就听过牧师讲道了,你去告诉黛娜我十点钟准时接她。再等一下——你再顺便绕到屠夫布莱顿家,向他借轻便双轮马车,就说我将不胜感激。据我所知,他礼拜天从来不用马车,有了它,咱的马可就轻松多了。"

她立马去了,很快便回来,说布莱顿很乐意把车借给杰瑞。"太好了,"杰瑞说,"给我装上路上吃的面包和奶酪,我下午尽快赶回。"

"好的,我给你做好肉馅饼,等你回来吃下午茶,晚饭到时候再说。"说着,玻莉去准备干粮,杰瑞则边干活边哼着小曲，是他最喜欢的一首，叫《波莉准没错》。

杰瑞决定由我去送黛娜，十点准时出发，用的是布莱顿的轻便大轮马车，跑起来很灵活，拉惯了四轮马车的我感觉好像没套车一样。

这是个晴朗的五月天，出了城，空气变得清新，青草更鲜美，乡间小路踏上去软软的，一切好像回到从前，我整个身子好像年轻起来。

沿着一条绿色的小路走到头，便是黛娜的娘家，那是一间小小的农舍，旁边是一个牧场，里面绿树成荫，两头奶牛正在里面吃草。一个年轻人告诉杰瑞把马车拉进牧场，然后，他会把我拴到奶牛棚里休息，并且说条件简陋只能暂时委屈一下。

"要是不怕打扰到你家的奶牛，"杰瑞说，"可不可以让我的马在你这景色优美的牧场里待上一两个小时，他会特别开心，他不会捣乱的，这对他是最好的待遇了。"

"当然可以啦，"那年轻人说，"您帮了我姐姐这么多，在这儿您想用什么请自便。一小时后吃饭，我希望您一定要来，尽管因为妈妈病重，屋子里乱成一团。"

杰瑞由衷地表示感谢，然后说自己带了干粮，不去吃饭了，自己更想在牧场里随意散散步。

当身上的马具全部被卸下后，我都有点无所适从——是先吃口草，还是躺地上打个滚，是卧倒休息，还是放开步子撒个欢儿，庆祝一下久违了的自由呢？我全部都做了。杰瑞看起来和我一样开心，他在岸边的树荫下坐下来，听着鸟鸣，自己跟着唱，又拿出自己喜欢的褐色小册子朗读；然后在牧场里四处走走，在小溪的尽头他采到一些小花和山楂，又用常青藤枝条把这些花编成花环；随后还不忘拿出路上备用的燕麦喂我吃。时间过得飞快——自从在伯爵府与姜蜇离别后，我还没再进过牧场。

我们不紧不慢回到家，进了庭院，杰瑞的第一句话是："哦，波莉，我并没错过这个礼拜天，我听见了鸟儿在树丛里吟唱，所以加入它们一起祷告，至于杰克，他开心得就像匹小骏马。"

他把花环送给多莉，她开心地跳起来。

多莉和一个真正的绅士

今年冬天来得早,天气经常是潮湿阴冷的。一连几个礼拜,天天不是雪就是雨,抑或雨夹雪,要是哪天没有雨雪,那一定是有刺骨的寒风或是割面的风霜。这恶劣的天气让马遭了不少罪。

遇上干燥的天气,主人会给马背上披上厚厚的毯子来保暖;可遇上瓢泼大雨,毯子马上会湿透,一点保护作用都没有。有些赶车人有防雨衣,起了大作用;可有的赶车人穷得买不起防雨衣,只能连人带马淋着冷雨,许多人和马在这个冬天吃尽了苦头。我们这些马只需干半天活儿,便可回到干燥的马棚休息,可赶车的人只能全天坐在车厢上面。有时如遇乘客去参加聚会,可能要熬到凌晨一两点钟才能回家。对马来说,最糟糕的莫过于因为道路降了雨或霜湿滑难行。拖着沉重的马车,脚下打着滑,在这样的路上走一两公里,远比在好路上走六公里更耗力气。为了保持平衡,我们每一根神经、每一块肌肉都是紧绷的,但这还不够,对于滑倒的恐惧才是最让人筋疲力尽的。如果路面实在太滑,我们会换上摩擦力更大的马掌，可穿这种马掌会让我们从一开始就很紧张。

　　天气不好时，许多赶车的会走进附近的小酒馆，留下一个人看车马。不过，这样他们往往会丢掉生意，而且正如杰瑞说的，进了酒馆就不可能不消费。杰瑞从不去这家叫"旭日东升"的酒馆。倒是旁边有一家咖啡店，他会不时光顾；或者是从一位老人那里买咖啡，这位老人常拿着一罐热咖啡和馅饼来到站台这边兜售。杰瑞认为喝完烈酒和啤酒之后更冷，而干燥的衣服、热乎乎的饭菜、舒畅的心情、家里的贤内助才是大冷天最好的保暖剂。波莉总会在杰瑞不能回家吃饭时给他送饭，有时他会看见小多莉在街角打前哨，确保爸爸在站台上，再送饭过来。如果她看见爸爸在，就会快速跑回家，不久便拎着罐子篮子来了。街上总是拥挤不堪，这么个小家伙竟能安全横过马路，真是让人捏一把汗。不过多莉很勇敢，给爸爸送饭让她觉得很自豪，杰瑞也赞不绝口地说这是"爸爸的专利"。站台上赶车的人都喜欢多莉，要是杰瑞忙得没顾上送多莉过马路，站台上任何一个赶车的都会亲眼看着她安全到了马路另一边才安心。

　　一个刮风的大冷天，多莉刚给杰瑞带来一盆子热汤，站他旁边等着吃完,他刚开始吃几口,就看到一个先生举着伞急匆匆向他走来。杰瑞边招呼那人,边把盆子递给多莉,正要拿掉我背上盖的布,结果那位绅士箭步上前,大声说:"不急!不急!喝完你的汤,老兄。我的确是赶时间,不过还是得等你喝完,再把你这小女儿安全送到人行道后,我们再走。"说着,他就坐到车厢里去等。杰瑞打心里感谢了他,然后走到多莉身边说:"多莉,你看,这是一位绅士,一位真正的绅士;他并没催促我,而是考虑到一个贫穷的赶车人和他孩子的切身感受,宁可自己多等一会儿。"

杰瑞喝完汤,把多莉送过马路,然后回来按要求送这位绅士去克拉彭山庄。后来,这位绅士坐了好几次我家的马车。我发现他很喜欢狗和马,因为每次送他到门口,都会有两三只狗欢腾着跑出来迎接他。有时他会过来拍拍我,用他特有的平静而愉悦的声音说:"这匹马有个好主人,好马就该有个好主人。"

乘车的人竟能注意到为他拉车的马,这可是件稀罕事。有时小姐太太们会注意,男人里也只有这位绅士和别的一两个人关注过我、拍拍我或赞美我两句,但实际情况是,一百个人里有九十九个人更愿意去拍拍火车的蒸汽机。

这位绅士并不年轻,他双肩向前微驼,就好像总是在寻找什么东西。他双唇薄而紧闭,可笑起来却让人很舒服;他眼神犀利,下巴的形状和脑袋的动作会让人觉得,只要他认定的事就一定要办成。他说话声音愉悦温和,尽管听起来也像他身上其他的特质那样固执,可这声音马听着会很踏实。

一天,他和另一位先生一同乘我家的车,他们在某某街道的一个商店门口停下,他朋友进了商店,而他站门口没进去。街道斜对面是些小酒馆,两匹骏马拉着一辆货车停靠在一家酒馆门口。赶车人不在跟前,我不知道那两匹马在那儿站了多久,不过他们似乎觉得等太久了,就开始往前走。他们没走几步,那赶车的便跑出来拽住他们。看到他们往前走,赶车人怒气冲天,拿起鞭子就打,还不住地狠命抽缰绳,甚至照他们头上往死里打。我们这位绅士目睹了这一切,疾步走过街道,斩钉截铁地呵斥道:"你再不住手,我就告你虐待马匹,让警察逮捕你。"

那赶车的很明显喝多了,满嘴污言秽语,不停地鞭打着马,拿起缰绳上了车走开了。在此期间,我们这位朋友已经悄悄从口袋里拿出一个笔记本，把印在货车上的姓名和地址都记了下来。

"你记那有什么用？"赶车人咆哮着威胁，不过还是挥响鞭子往前走了。他得到的答复只有一个点头和冷静的微笑。

这位朋友走回我家马车这边找他的同伴，同伴打趣他说："怀特，我想你就是爱操心别人的马和仆人，你自己的正事已经够操心的了。"

这位朋友站了一会儿，一动不动，随后甩一下头，说："你知道为啥这个世界这么糟糕吗？"

"不知道。"同伴说。

"我来告诉你。因为人们只操心自己的正事，而从不为了那些受压迫的人挺身站出，也从不会让做坏事的人改邪归正。每次遇到这种残忍的事，我都会尽力而为，许多马主人万分感激我，因为我让他们知道自己的马被租马人虐待。"

"真希望世上多点像您一样的绅士，先生，"杰瑞说，"因为这样的人在伦敦太少见了。"

之后我们继续上路，下车时那位绅士对我们说："我为人处世的原则是，如果我们亲眼看见别人在进行残忍的勾当或干坏事，明明自己有能力阻止而不去阻止，那我们就是干这坏事的人的同伙。"

穷人山姆

不得不说，作为一匹包租马我的确很幸福，因为赶我的人就是我主人，即使他不是什么大好人，但待我好点，不让我超负荷劳动对他也有好处。然而有许多马本属于大的出租商，这些出租商再以每天高昂的租金租给赶车人。由于马不是这些赶车人的，这些人唯一考虑的，是如何从马身上把租金捞回来，剩余的钱再来养家糊口，这样一来，这些马的日子可不好过。当然，本来我也不知道，只是常常听到人们在车站里闲聊。格兰特理事心眼好，又爱马，有时，如果让他看到一匹马疲惫不堪、垂头丧气地走回车站，他就会站出来主持公道。

一天，一个衣衫褴褛、愁容满面的赶车人，江湖人称"穷人山姆"，拉着马走回车站，那马看起来吃了不少鞭子，理事见状说道:"我看你和你的马更适合去警察局走一遭,而不是来这儿。"

山姆把一张破烂的毯子扔到马背上,转过身来直直地看着理事,用一种几近绝望的声音说道:"警察要管的话,就该去管那些贪得无厌、收钱从不手软的出租商,或者管管定价如此低廉的车旅费。一个人租一辆车加两匹马,一天要交十八先令租金,这个季节许多人都是交这个数,只有先偿还了这笔租金,余下的钱才能是自己的,这不是拼命赶车就能挣到的。一匹马一天要先挣回九先令,然后才能为赶车的人挣钱。这些你不是不清楚,要是马儿不走了,我们就必须挨饿,我和我那群孩子早就尝过这苦头。我家有六个孩子,只有一个稍能挣点钱;我一天在站台上熬十五六个小时,近十一二个礼拜我都没休息过一个礼拜天。你知道斯金纳的为人,他只要有机会抓住你,就让你赶车,我不去拼命挣钱,谁来挣!我需要棉衣保暖,需要斗篷防雨,需要食物养活一大家子,我怎么才能挣到钱?一礼拜前,我把我的钟表抵押出去给斯金纳交租金,那钟表是再也换不回来了。"

有几个赶车的围在旁边点头称是。山姆继续说:"你们这些自己有车有马的，或者是遇上个好出租商的，还姑且可以维持生计，可以平心静气地对待马，可我不行，我们这样的，在六点五公里车程以内，前一点六公里收费六便士，之后便不能收到这个数。就在今天早上，我跑了足足九公里，却只拿到三个先令。而且返程时空着车回来，一无所获。所以马共跑了十九公里，而只能为我赚到三个先令。之后又拉了个差不多五公里旅程的客人，他带了大包小包一大堆，要是行李都放车厢外面，那我就赚得多了。可你知道这人怎么做吗？他把所有能塞进车厢的行李都放在前排座椅上，留下三个沉重的箱子搁到车厢顶上，只给我六便士，车费是一先令六便士，然后返程车费是一先令，加上下午换班的马为我挣的九先令，这才算还清租金，剩下的钱才属于我。当然，情况并不总是这么糟，可你知道多数情况都是这样的。对赶车人说不要让马超负荷劳动简直是个笑话，因为当马筋疲力尽时，除了鞭子，没有别的能让他再走起来，你别无选择——你必须先考虑了老婆孩子的温饱，之后才能顾及马。解决问题的关键是出租商们，而不是我们。我也不想虐待马，谁也不能说我愿意虐待马，是其他问题——从没有一天休息，连和家人共度美好时光的一小时时间都没有。我常感觉自己老了，可我只有四十五岁。你知道的，这些上流社会的绅士总是怀疑我们欺诈或是多收费，他们手里紧攥着钱包，把车费数上一遍又一遍，确保分毫不差，眼睛还提防地斜视着我们，防止我们偷钱。真希望这些人在我的马车上一天坐上十六小时，试着挣钱讨生活，每天上交十八先令租金，无论冬夏寒暑天天如此。也许这样，他们就不会把所有行李塞进车厢而只给六个便士了。当然，有的人也偶尔会给我们丰厚的小费，要不是有小费，日子简直难以为继，可付小费总归不是常事。"

站旁边听的人们很同情山姆，有个人说："是太不容易了，要是一个人偶尔做错事，也不足为奇，如果能挣得多一点，谁还会鞭打马呢？"

杰瑞只是听着并没发言，可我从未见过他的脸色这么悲哀。理事双手插在口袋里站着，他从帽子里取出手帕擦了擦额头上的汗。

"山姆，你说服我了，"他说，"因为你说的都是真的，我不该用警察来压你，只是刚刚那马的眼神让我情绪激愤。生活对人和对马一样地不易，谁来拯救大家，我也不知道。不过，无论如何你要对马说声对不起，让他拼命干活挣钱是迫于无奈。有时我们能给予这些可怜的家伙的只是一句好听的话，可惊喜的是他们竟然能听懂。"

在这次谈话之后，过了几天，换了个人拉着山姆的马车来站台拉客了。

"嗨！"有人问，"穷人山姆怎么了？"

"他卧病在床，"这人说，"昨晚有人在庭院里扶起他，他几乎爬也爬不动了。他老婆今早让他儿子来告诉我，他爸爸发高烧不能出去干活，所以我来替他。"

第二天早上这人又来了。

"山姆怎样了？"理事关切地问。

"他走了。"这人回答。

"什么？走了？你不会是说他死了吧？"

"刚刚去世，"这人说，"今早四点走的。昨天一整天，他都在怒斥斯金纳，害得他没有一天休息。他说'我从没有过一个礼拜天'，这是他死前最后的话。"

有好一会儿，站台上鸦雀无声，然后理事说："老兄们，我该说什么呢，就把这当作对我们的警告吧。"

姜蜇的悲惨下场

一天，某个庄园里举行聚会，歌声舞声不绝于耳，气氛颇为热闹。庄园门口聚集了许多车马，正当我们在等主人的时候，一辆破破烂烂的旧马车开过来，然后在我们旁边停下。拉车的是一匹疲惫不堪的栗色老马，皮毛凌乱稀疏，条条肋骨清晰可见，走起路来膝盖咔咔作响，前腿摇摇晃晃。我一直在吃干草，一根干草被风卷起，落到新来的马那边，可怜的马探出瘦长的脖子捡起干草吃了，然后又四下里找别的干草吃。她的眼睛暗淡无光，眼神里看不出一丝希望，我不禁多看两眼，正当我看得出神，想似乎在哪里见过她时，她眼睛直直地看着我说："黑骏马，是你吗？"

她竟然是姜蜇！可她变化好大！那漂亮的、弧形的、油亮的脖子现在变得僵直坚硬、瘦如干柴，而且毫无活力；那干净笔直的腿和精巧的后蹄变得疙疙瘩瘩；关节因为繁重的体力劳动变得粗大突起；那张脸，曾经充满希望和活力，现在写满了沧桑；她的腹部随着呼吸一起一伏，还伴随着咳嗽，说明她的呼吸道严重受损。

黑骏马

赶车的人们大多在不远处围成一圈闲谈，所以我侧着身子走了一两步，这样可以和姜蜇说点悄悄话。她给我讲了别后的故事，听起来让人心碎。

在伯爵府的小围场里待了十二个月后，人们觉得她又能干活了，所以把她卖给了一个绅士。起初她没什么问题，可在一次卖力的长途跋涉之后，她腿上的旧伤复发，等休养好了，又一次被卖掉。就这样她不停地更换主人，待遇是一次不如一次。

"最终，"她说，"一个专门收购大量马匹和马车，然后做出租生意的人买下我。很高兴看到你有个好着落，可我所经历的苦难一言难尽啊。当人们发现了我的顽疾后，他们说买亏了，所以就让我去拉最沉重的马车，直到耗完我最后一口气。他们说到做到，经常对我棍棒相加，从不会有一丝吝惜——因为他们认为，花钱买了我，就必须从我身上把钱捞回来。租我拉车的人每天都要付给我主人一大笔租金，所以他也要从我身上捞一把。就这样周而复始，没有一天能得安宁。"

我说："你可以像往常一样，面对不公的待遇就勇敢反抗啊。"

"唉！"她说，"我反抗过一次，可有什么用呢？人类很强大，如果遇上个心狠手辣、冷血无情的主人，我们能做什么？只能忍受——忍着忍着直到累死。真希望死神早点来，希望我现在就死掉。我见过马的死亡，我想死了就一定不会再吃苦。我希望能在拉车过程中倒地而亡，而不是被送往屠宰场。"

我听着心如刀绞，我把鼻子凑近她，可不知说什么来安慰她。可以看出，她见到我很高兴，因为她说："你是我今生唯一的朋友。"

就在这时，她的赶车人过来了，猛拉一下缰绳让她退出车马群，然后赶着她走了，留下我在那儿心情久久难以平静。

没过多久，一辆车拉着一匹死马从我们停靠的地方经过。马的脑袋从车尾耷拉下来，嘴微启，舌头吊在外面，缓缓地滴着血，还有一双塌陷的眼！可我不忍心再看一眼，那情景太让人心酸。他是一匹栗色马，脖子瘦长。额头下方有撮白毛呈条状。那一定是姜蜇，我真心希望他就是姜蜇，因为她死了，一切的伤痛就都结束了。哦！如果人们能仁慈点，就该在我们沦落到这样的下场之前一枪打死我们。

肉店老板

在伦敦,我目睹了数不胜数的马的悲惨遭遇。但凡是有点常识的人,是可以帮助马避免其中的一些悲剧的。如果人们以正确方式对待我们,我们这些马不会介意艰辛的劳动,而且据我所知,有的赶车人日子过得十分贫寒,可他们的马却很幸福,至少比我在伯爵府为武伯爵夫人拉车时幸福,虽然我那时头戴着镶银挽具,成天好吃好喝。

每当我看到一些小矮马拖着沉重的马车,每走一步都摇摇晃晃,边卖力拉车,边吃着那些卑鄙粗暴的年轻人的鞭子时,我心里就会很难过。有一次,我看见一匹灰色小矮马,他鬃毛浓密、脑袋精巧,像极了美兰格,要不是我被缰绳牢牢绑住,我会朝他喊一声。当时,他正拼命拉一辆送货车,而赶车的那个粗暴的年轻大力士却在用鞭子抽打他的腹部,还用缰绳无情地抽打他的嘴。那会是美兰格吗?太像他了。可布卢姆菲尔德先生应该不舍得卖掉他,不会的,他不会舍得卖掉的。也许那只是像极了美兰格的另一匹小矮马,也许在他年幼时生活得也很幸福。

我经常看到肉店送肉的马跑得异常快，一直纳闷其中的原因。直到有一天，我在圣琼斯伍德区等人时才明白真相。

隔壁是个肉店，我在等人时，一辆拉肉的马车疾驰而来。那马看起来筋疲力尽、浑身热汗，连抬头的力气都没了，肚子两侧一起一伏，四条腿瑟瑟发抖，看来他跑得很吃力。那赶车的年轻人跳下车，把篮筐搬下马车。这时，肉店老板走出来，满脸不高兴。他看了看，然后生气地对年轻人说："告诉你多少次了，不要这样赶车！上一匹马就是被你这样糟蹋的——最后一口气没喘上来就死了。你想把这匹马也害死吗？要不是因为你是我儿子，我现在就开除你；把马折磨成这样，你还有脸赶他回家。你这样赶车，被警察看见了，准把你抓起来。要真被抓起来，不要向我要保释金，因为我劝你劝得嘴皮子都磨破了。你必须自己长记性。"

肉店老板说话的当儿，他儿子已经站在他面前，有点桀骜不驯地黑着个脸。等他一说完，他儿子便满心委屈地咆哮开了。这不是他的错，他干吗要被骂，他只是按照要求办事罢了。

"你总说'赶紧着，快点'，当我赶到顾客家，人家说要一条羊腿，提前准备午餐，让我必须在十五分钟内送到家；别家的厨子忘记预订牛排了，命令我立马去取来，不要耽误时间，否则会受女主人的责备；另一家的女管家说家中突然有客人到访，命我立马把排骨送过去；还有新月街四号的那位太太，只有预订的肉先送到了，才会开始筹备午餐，所以你看，我总是要快、更快，要是这些上流社会的人都提前做好计划，前一天预订好肉，就不用我这么疲于奔命了！"

"我也这么希望啊，"老板说，"这样可以让我省掉不少麻烦，要是能早点知道顾客要什么，我也能更好地为他们服务——可你看，这么说又有什么用呢——谁会为一个肉店的老板着想，谁会考虑一匹马的死活！好啦，把马拉回圈好好休息一下吧。不过你听着，这马今天不能再跑路了，要有人买肉，你提个篮子自己送去。"说完，肉店老板回了肉店，他儿子拉着马车走了。

可并非所有男孩都这么粗暴。我见过一些男孩，对待他们的马或驴就像对待心爱的宠物一样，而这些牲畜反过来也会像我乐意为杰瑞卖力干活一样，心甘情愿地给他的主人干活。也许有时很辛苦，可赶车人那友好的动作和愉悦的声音会让这些辛苦变得容易。

有一个走街串巷、卖水果蔬菜的小男孩，拉着蔬菜来我们这片兜售。他那小矮马年纪大了，长得也不好看，可他是我见过最开心、最有活力的一匹马，看着那男孩和那老马亲密无间的情景真是一种享受。小矮马像家犬一样温驯地跟着主人，当主人上车后，无须开口或挥鞭子，矮马已经主动地走开了，他拖着快乐的嘎吱嘎吱作响的马车，就像是从女王的马厩里走出来一样。杰瑞很喜欢这个男孩，亲切地叫他"查理王子"，因为他说这个男孩将来会成为赶车之王。

还有一个老头，经常赶着一辆小煤车来我们这边叫卖。他头戴矿工帽，看起来又老又黑。他和自己的那匹老马经常一起经过街道，就像是一对心照不宣的夫妻。马主动地在需要送炭的人家门口停下，他的耳朵总是有一只朝着主人，随时听候他的命令。老头的叫卖声传得很远，总是未见其人先闻其声。我一直听不懂他叫的是什么，可小孩们都叫他"老吧——啊——哦"，听起来确实像这个声音。波莉也向他买过炭，对他很热情，杰瑞说一匹老马尽管跟了个穷主人，可过得很幸福，想一想就让人欣慰。

选举

有一天下午,我们刚走进院子,波莉便迎了过来。"杰瑞!布先生来过了,问你选谁,他想雇你的马车去演讲,他等你回话。"

"哦,波莉,你该告诉他,我的马车已经有别的用处了。我可不想自己的车上贴满大幅选举广告,甚至让杰克和'上尉'拉着车奔波于各个酒吧,去叫醒那些醉醺醺的选民,为什么要这么做?那对他们简直是一种侮辱。不行,我不会答应的。"

"我还以为你会选他呢。他说他与你的政治观点相同。"

"所以他是有备而来的。不过我不会选他,波莉。你知道他从事的行业吗?"

"知道。"

"那好,凡是在那个行业赚了钱的人,在某些方面立场正确,不过他对于劳动阶层的诉求全然不知,所以我不愿选他,不愿让他成为决策者。我敢说他们一定会生气,可每个人都有责任做自己认为对这个国家最好的事情。"

在选举的那天早上,杰瑞正给我套马车,多莉哭着跑进院子,她的蓝色小裙子和白围裙上满是泥污。

"怎么了,多莉,出了什么事?"

"是那些淘气的男孩,"她抽泣着说,"他们朝我身上扔泥巴,还骂我是一个小叫——叫——"

"他们骂她蓝色小叫花子,爸爸,"哈利跑进来,满脸怒气地说,"不过我让他们尝到厉害了。他们再也不敢欺负妹妹了。他们一定记住了这一顿打,这群橙色的无赖、恶棍、懦夫。"

杰瑞亲了一下多莉,对她说:"进屋找妈妈吧,亲爱的,告诉她,我想让你今天待在屋里帮她干点活儿。"

然后,杰瑞转过身,厉声厉色地对哈利说:"好儿子,我希望你一直保护妹妹,无论谁欺负她,尽管给他一顿揍——就该这么做。但请听好,在我的家里,不允许出现任何与选举有关的争论。有橙色的无赖就有蓝色的,有紫色的无赖就有白色的,或者其他任何颜色。但我不想让家人卷入这场颜色骂战。你看外面,就连妇女和儿童都在为了颜色争吵,而他们十有八九并不清楚颜色背后的真相。"

"爸爸,难道蓝色不是代表自由吗?"

"好儿子,自由并不是由颜色产生的,颜色只能代表党派，你从这颜色里得到了什么自由呢？自己沉醉不醒，由别人买单的自由？坐着破旧马车去投票选举的自由？辱骂那些穿不同颜色的选民的自由？为一些一知半解的事情吵到喉咙发哑的自由？——那就是所谓的自由！"

"哦，爸爸，你是开玩笑吗？"

"不，哈利，我是认真的，看到那些失去理智的人干那些荒谬的事，我就深感惭愧。选举是一件严肃的事，至少它本该是严肃的，每个人都应该根据自己的良知投票，并且让自己周围的人也这样做。"

患难见真情

选举的日子终于来了，杰瑞和我的生意源源不断。第一个来坐车的是个肥胖的绅士，提着个毛毡袋子，他要去比斯普斯盖特车站；接着一群人叫住我们，说要去摄政公园；然后在一个小巷子里，我们接了一位腼腆的老太太，她着急地说要去银行；到了银行，我们又等她办完事送她回来。老太太刚下了车,一个红脸绅士手里攥着一沓传单,上气不接下气地跑过来,没等杰瑞跳下车,他已自己开了门,纵身一跳进了车厢,喊道:"去弓街派出所,要快!"我们拉着他出发了,之后又拉了一两个客人,我们便回到站台。杰瑞把饲料袋挂到我的脖子上,他说:"在这样忙碌的时间里,我们必须能吃就吃,大口吃吧,杰克,抓紧时间吃饱,老伙计。"

杰瑞给我吃的是拌了些湿糠皮的碎燕麦,我天天都可以吃到这样的美味,不过此时此刻,那味道更加沁人心脾。杰瑞真体贴周到,心地又好——有哪匹马不愿意为这样的好主人卖力干活呢?然后他拿出波莉给带的肉馅饼,站在我旁边吃起来。

街上拥挤不堪,张贴着代表候选人党派的彩色纸的马车,在人群中横冲直撞,似乎已把生命和肉体置之度外。我看到已经有两个人被撞倒,其中一个是女人。可怜的马在这个日子里也不得安宁!可群情激奋的选民无暇顾及这些,许多选民喝得半醉,要是看到支持的党派过来,就把头探出车厢窗口喝彩助威。这是我经历的第一个选举,我可不想再经历第二次,尽管人们说现在的选举好多了。

我和杰瑞没吃上几口,便看见一个贫穷的少妇,抱着个胖小子从街道对面走过来。她四下里看，有点不知所措。不一会儿，她走过来，问杰瑞知不知道去圣托马斯医院的路怎么走，以及去那儿有多远。她说她一大早坐着送货马车从乡下赶来。她不知道今天选举，对伦敦一无所知。她已经在医院给小孩挂了号。只听那小孩哭声很微弱，奄奄一息。

"可怜的孩子！"她说，"他遭了不少罪，他四岁了，可还不如一两岁小孩走路硬朗。不过医生说，如果我能送孩子来医院，他也许有办法治好他。求你了，告诉我有多远，怎么走。"

"可是，大姐，"杰瑞说，"你要穿过这么拥挤的人群去医院很难啊！到那儿差不多有五公里远，而且孩子很重。"

"没错，他的确很重。可我身强力壮，谢天谢地，要是我知道怎么走，无论如何我都是可以走到的，快告诉我吧。"

"这有点难，"杰瑞说，"那群人会把你撞倒，孩子可能被踩死，这样吧，坐我的车去，我会把你安全送到医院。你没看见要下雨了吗？"

"不了，先生，不了。我坐不起车，谢谢你，我的钱刚够看完病回家，请您告诉我路怎么走吧。"

"大姐，你听我说，"杰瑞说，"我家里也有妻子和宝贝孩子，我知道当爸爸的感受。上车吧，我免费送你去医院。如果让一个女人抱个生病的孩子冒这么大的风险，我自己都会觉得羞愧的。"

"您可真是个好人！"那女人泪流满面地说。

"好了，好了，别哭了，亲爱的，我送你很快就能到医院了。上车吧，我帮你们坐进去。"

杰瑞正过去开门，两个人冲过来喊道："包租车等等！"只见他们帽子上贴了颜色，扣眼里也夹着彩条。

"已经有人坐了。"杰瑞大声说。可其中一个人一把推开那位大姐，跳上车，另一个人也跟着跳上去。杰瑞表情肃穆，俨然是一个警察的样子，义正词严地说："这辆车有人坐了，先生，这位夫人先定下的。"

"女人！"其中一位说，"哦，让她等等。我们有正事，再说我们先上车，所以我们有优先权。"

杰瑞关上车门时，脸上闪过一丝滑稽的坏笑："好吧，先生们，爱在里面待多久就待多久，你们好好休息，我等你们。"

然后他转身走向那位大姐，此时她就站在我旁边。"他们马上就会出来的，"他笑着说，"别担心，亲爱的。"

车上的两人不久便走了,因为他们意识到杰瑞的伎俩后,便下了车,骂他各种难听的话,还咆哮着威胁他,说要记下他的出租号,要投诉他。

在短暂的耽搁之后,我们马上出发去医院,尽量走人少的小巷。杰瑞按响铃铛,好让马车快点穿过人群。

"真是万分感激,"她说,"我一个人永远到不了这儿。"

"不用客气,我只希望孩子快点好起来。"

他目送她走进医院,然后轻声自言自语道:"这些事你们既做在我这弟兄中最小的一个身上,就是做在我身上了。"(《圣经新约·马太福音》)他拍一拍我的脖子,遇到高兴的事他总会拍拍我。

雨这会儿下得很急,我们正要掉转头回去,医院的门又开了,搬运工大声招呼:"马车等等!"我们停住,一位太太走下楼梯。杰瑞好像马上认出她了。她掀起面纱说:"巴克!杰里米亚·巴克,是你吗?在这儿见到你好开心。你来得正是时候,因为今天伦敦这一片地区很难叫到马车。"

"夫人,很荣幸能帮到您,赶巧我正好来这边。您要去哪儿,夫人?"

"去帕丁顿车站，要是时间允许，我想应该是绰绰有余的，你顺便给我讲讲波莉和孩子们过得怎样。"

我们提前到了车站，然后她和杰瑞站在挡雨篷下聊了好一会儿。我得知她以前是波莉的女主人，她询问了许多关于波莉的事，然后说："你大冬天赶车觉得苦不苦？我知道去年冬天波莉很是为你操心呵。"

"是的，夫人，她很操心。我咳嗽了一个冬天，一直拖到天气暖才好起来，我要是很晚回不了家，她就会心急如焚。夫人，您也看见了，跑出租是没日没夜，一年四季都如此，这的确考验一个人的身体，不过我应付得还不错，要是不打理马匹，我会感觉心里空落落的。我从小就和马打交道，恐怕做其他事情都不如打理马得心应手。"

"好吧，巴克，"她说，"做这份工作会严重损害你的健康，这太可惜了，不论是对你还是对波莉和孩子们都不是好事啊。有许多地方需要好的赶车人和马倌，无论什么时候，只要你想放弃出租马车这份工作了，一定告诉我。"

这位夫人硬往杰瑞手里塞了些钱，让给波莉问好，说道："给那两个孩子每人五先令，波莉知道怎么合理使用这些钱。"

杰瑞再三致谢，心情十分愉悦，然后掉转马头走出车站，直接回了家。我确实有些累了。

老"上尉"和他的接班马

我和"上尉"成了很好的朋友。他是一匹颇有风度的老马，是我的好伙伴。我从未想过他会有一天离开杰瑞家，或有什么不测。可事情还是发生了，来龙去脉是这样的。尽管我当时不在场，可我听说了全部。

他和杰瑞拉着一伙人穿过伦敦桥去火车站，返回途中，在桥和纪念碑之间，杰瑞看到两匹壮马拉着送啤酒的空车迎面而来。赶车人重鞭抽马，马车又轻，所以连马带车飞速奔跑开了。那人没控制住马，马车直直冲进车流拥堵的街道。

失控的马车撞倒一个年轻姑娘，从她身上碾过去，一转眼，又朝杰瑞的马车冲撞过来。杰瑞的马车被撞掉了两个轮子，然后被掀翻了。"上尉"被拖倒，套马杆被撞断了，有个尖头扎进"上尉"的肚子。杰瑞也被撞飞了，不过只受了点轻伤，天知道他怎么幸免于难的。事后他总说也许是上帝显灵了。人们把可怜的"上尉"扶起来后，才发现他伤得很重。杰瑞把他慢慢拉回家，当时的情景真让人心酸，他那白色的皮毛上全是血，肚子和肩膀上的血也不停地向下滴。法院证明那赶酒车的人是酒驾，罚了他钱，另外啤酒铺老板也得向我家主人赔偿损失，可又有谁来赔偿老"上尉"的损失。

杰瑞和兽医尽他们所能缓解"上尉"的疼痛，尽量让他舒服。马车也要去维修，所以一连几天我没出去拉活，这几天，杰瑞没有分文进账。事故后我和杰瑞第一次去站台时，理事就来打听"上尉"的伤势。

"兽医今早告诉我，老'上尉'恐怕过不了这个坎了，"杰瑞说，"至少不能再给我拉车了。他还建议让老'上尉'去干拉货车之类的苦力。我听了很恼火。拉货车？亏他想得出！我在伦敦见多了拉货车的马有多费力。我真希望所有的酒鬼都被关进精神病院，而不是让他们跑出来撞我们这些清醒的人。要是他们想折断自己的骨头，损毁自己的车子，让自己的马腿瘸，那是他们自己的事，我们不管，可依我看，总是无辜的人受到伤害。后来他们谈到赔偿！能赔得起吗？所有的麻烦、所有的怒气、浪费的时间，还不说失去一匹像老朋友一样的好马——谈赔偿有什么用！如果让我说哪个魔鬼最该下十八层地狱，那一定是酒鬼。"

"我说，杰瑞，"理事说，"你是在诅咒我啊。在喝酒问题上，我远不如你理智，太惭愧了，真希望我也理智一点。"

"那么，"杰瑞说，"你为什么不戒酒呢？你是个大好人，唯独不该给酒当了奴隶啊。"

"我是个大傻瓜，杰瑞，不过我以前试过戒酒，仅仅两天就生不如死。你是怎么做到的？"

"我花了几个礼拜努力戒掉的。你知道尽管我从未大醉，但我也发现酒瘾一上来，我就无法控制自己，很难做到不去喝，而且我见人就想打人家一拳，我开始怀疑自己不是杰瑞·巴克，而是一个嗜酒的魔鬼，天啊，上帝帮帮我吧！这是个痛苦的过程，我想让人来救救我，没戒酒是不知道这痛苦的滋味，可是波莉却从未失去耐心，我酒瘾上来了，她就为我准备可口的食物，或可以尝试喝杯咖啡、嚼个薄荷糖、读点《圣经》，都可以转移注意力。有时我会反复质问自己：'要戒酒还是丢掉灵魂！要戒酒还是伤透波莉的心！'最终，感谢上帝，感谢我亲爱的妻子，我挣脱了这个枷锁，到现在十年了，我滴酒未沾，而且一点也不想沾。"

"我也很想尝试你的办法，"格兰特说，"因为一个人如果连自己都控制不了，那就太可怜了。"

"一定要做，理事，一定，你不会后悔的，要是咱们车站里那几个可怜的嗜酒如命的人看到你戒掉了，这对他们就是个鼓励啊。我知道有两三个人无论如何都想摆脱酒馆的诱惑。"

起初"上尉"好像没啥问题，可毕竟他老了，要不是他体格好，再加上杰瑞照顾得周到，他不可能干这么久拉车的活儿。现在他彻底不行了，兽医说他可以再治一治"上尉"，然后把他卖点钱算了，可杰瑞坚决说不行！为了几镑钱就把忠实的老仆人卖去做苦力，去遭罪，这样做反而会玷污自己攒下的钱，他认为，自己最后能为老伙计做的最仁慈的事，就是一枪打死他，那样他就再也不用受苦了，因为他实在不知去哪儿找一位善良的主人好好待他，度完余生。

在做出这个决定的第二天，哈利带我去铁匠铺换了新鞋。当我回到家，"上尉"已经不在了，全家人都为之心痛。

如今杰瑞不得不寻找另一匹马，不久，他便从一个熟人那里打听到一匹不错的马，这个人在有钱人家里做马夫的助手。这匹马年纪不大，各方面条件都很好，不过有一次他脱了缰，撞到了另一辆马车，把他家主人甩出车厢，自己身上也有好几处被割伤。因此，这个有钱人家觉得他不适合待下去，就让马夫为他寻找个下家，同时想尽量卖个好价钱。

"我对这种烈马自有一套办法，"杰瑞说，"只要这马本性不坏，嘴唇没有磨起老茧就行。"

"他的本性绝对不坏，"那熟人说，"他的嘴也十分敏感，我觉得这也正是造成事故的原因。你想想，这马刚钉了马掌，因为天气不好，他也没有进行太多户外练习。而当他真正出去拉车了，他的脚下就像踩了弹簧。我们管家（我说的是马夫总管）给马戴马具，恨不得越紧越好，控制缰、锋利的马嚼子等各种酷刑全都用上了。我想是这些酷刑让这匹马既敏感又愤怒，让马忍无可忍。"

"极有可能。我会去看看的。"杰瑞说。

第二天，这匹名叫热刺的马来到我家，他是一匹褐色骏马，通身没有一根白色杂毛，和"上尉"高矮差不多，脸庞很俊美，只有五岁。我友好地欢迎他来和我做伴，并未问他什么。在这儿的头一个晚上他焦躁不安。他没躺下,而是整晚不停地使劲拽缰绳,要不就是用身子撞食槽,吵得我也无法睡觉。然而,第二天,在拉了五六个小时出租马车之后,回家时他安分多了,对我也比较好。杰瑞拍拍他,我和他说了好多话,很快我们彼此便配合默契起来。杰瑞说换个松一点的马嚼子,让他在工作中忘记烦恼,很快,他便温驯得像只羔羊。害于此,利于彼。如果说那位有钱人失掉一匹价值不菲的宝马,那杰瑞这个赶车人便得到一匹年富力强的好马。

热刺觉得做出租马是走了下坡路,很不屑和我们为伍,不过在结束了一周的工作后,他坦白地说,能让自己的嘴和脑袋得到解放,心里就平衡了许多。毕竟,比起把自己的头和尾巴牢牢绑在马鞍两头,拉车这活儿还不至于很丢面子。可事实上,他适应得很好,杰瑞很喜欢他。

杰瑞的新年

对于一些人而言,圣诞节和新年都是非常快乐的节日,可对于出租马和赶车人来说，这些节日意味着不能休息。尽管这段时间挣得会比较多，到处都在举办社交聚会、舞会，各种娱乐场所都对外开放，但这让我们的工作变得很繁重，经常工作到深夜。有时，赶车人和马冒着雨或顶着风霜一连等上好几个小时，冻得瑟瑟发抖，而在那酒池肉林中寻欢作乐的人却久久沉醉于其中。那些衣着华丽的夫人小姐，竟然从未考虑一下在外面等候她们的满脸倦容的赶车人，以及那被冻得四脚麻木却依旧默默忍受的马，这常让我感到奇怪。

现在我大多拉傍晚的活儿，因为一来，我习惯了长期站着等，二来杰瑞更担心热刺会感冒。在圣诞节这一周，我们经常拉到很晚，杰瑞的咳嗽又发作了。可无论我们回家多晚，波莉都会等他回来，还提着灯笼跑出去迎接他，每次都显得很担心。

在新年前夕，我们送两位先生去西区广场的一户人家，九点钟把他们送达，还要在十一点钟回来接走他们。"不过，"这位先生说，"因为我们在玩牌，可能需要你等几分钟，但别迟到。"

十一点整的时候，我们准时到了那户人家门口，杰瑞总是很守时。我们在外面等着，十五分钟过去了，三十分钟过去了，四十五分钟过去了，等到十二点，门还没开。

外面大风肆意地刮着，白天下了瓢泼大雨，这会儿又是冰雹，风卷着冰雹从四面八方向我们砸过来，驱赶得我们无处藏身。太冷了，连个躲藏的地方都找不到。杰瑞跳下马车，把我背上披的毯子往脖子方向揪一揪，又来来回回跺着脚走了几圈；然后他开始拍打胳膊，可结果咳嗽又发作了。所以他打开车门，一屁股坐在车厢内的地面上，腿脚搁在马路牙子上，这样稍稍避下风雨。

每隔一刻钟会响起的钟声又传来了，可还是没人来。十二点半杰瑞拉了拉门铃，问仆人还要不要再等下去。

"哦，当然，今晚一定要等，"那位先生说，"你可不能走，我们马上打完牌了。"杰瑞又坐回来等，不过他的声音变得很沙哑，我几乎听不清他说什么。

一点过一刻时门开了，那两位先生走出来。他们上车时什么都没说，坐定后，只是吩咐杰瑞去哪儿，那地方离这里有三点二公里远。我的腿被冻麻了，走起来总担心摔倒。那两人下车时，并没有因为让我们久等而道歉，但却因为收费问题大发雷霆。而事实上，杰瑞从不会多收额外的钱，但他该得的钱，却一分也不会少收。我们白白等了两个小时十五分钟，这钱必须收。即便如此，我们这钱也挣得不容易啊。

终于回家了。杰瑞连话也说不出了，咳嗽声听着让人害怕。波莉啥也没说，只是开门，为我们打着灯笼。

"需要我做什么？"她问。

"给杰克弄点热汤喝，然后给我煮碗稀粥。"

这话几乎像是沙哑的耳语，他气也喘不过来了，不过还是像往常一样，为我擦洗了身体，又去干草棚里拿了一捆干草铺在我躺的地方。波莉端来了糠皮糊糊，我吃下去暖和多了，然后他们锁上马棚离开了。

第二天早晨人来得很晚，而且只有哈利来了。他为我们擦擦洗洗，喂了食和草，又打扫了马厩，可把稻草照旧铺了回去，好像今天是礼拜天休息一样。他面无表情，既没吹口哨也没哼小曲。中午他又来了，给我们喂食和饮水，这次多莉也来了，而且是哭着来的。从他俩的谈话中，我得知杰瑞病得很严重，而且医生说不好康复。所以那两天，屋子里一团乱麻。我们只能见到哈利，偶尔见见多莉，我想她是来找哈利给自己做伴的，因为波莉一直在照顾杰瑞，而且杰瑞需要在屋里静养。

第三天时候,哈利在马棚里忙,突然有人敲门,是格兰特理事来了。

"我不想进屋,孩子,"他说,"我只想知道你爸爸怎样了。"

"他情况很糟,"哈利说,"可能是最糟糕的一种病,叫'支气管炎'。医生说,是好转还是恶化就看今晚了。"

"太难治了,太难治了。"格兰特边说边不住摇头,"我知道仅上周就有两人死于这个病,这病眨眼工夫就能夺人性命。不过活着就有希望,你们一定要有信心。"

"是的,"哈利急切地说,"医生说,爸爸康复的概率要比别人大,因为他不喝酒。他说昨天爸爸高烧烧得那么厉害,要是爸爸平时喝酒,那他当时就会像纸片一样被烧死。我相信医生,觉得爸爸会挺过来的。你觉得呢,格兰特先生?"

理事一脸茫然:"如果老天有眼,让好人都会有好报,我相信他会好起来,孩子。他是我见过最好的人。我会明天一早再来看他。"

第二天一大早他又来了。

"怎么样?"他问。

"爸爸好点了,"哈利说,"妈妈希望他能过了这个坎。"

"谢天谢地!"理事说,"现在必须让他保暖,精神放松。说到这儿,我想起马了,杰克近一周住得暖和一点会比较好,你可以拉他到街上随意溜达溜达,舒展一下他的腿。不过这匹年轻的马,要是不出去干活,就像你说的,他会马上不安分守己,给你制造很多麻烦。当他再一次出去时,很可能会造成事故。"

"他这两天就耐不住了,"哈利说,"我已经适当给他减少喂谷物的分量了,可他精力太旺盛,我也不知道该怎么做了。"

"果然如此,"格兰特说,"现在听我说,你去问问你妈妈,是否愿意让我暂时每天来帮忙照料这匹马,带他出去拉些活儿,他能挣多少,我都分给你妈妈一半,这样可以帮助马消化。你爸爸倒是参加了一个养马俱乐部,不过那儿不收留马,这么长时间不干活,要是只进食会被撑死的。我今天中午过来听她的回话。"没等哈利说声谢谢,他就起身走了。

中午时分,他和哈利一起进来马厩,我想他已经见过波莉了,他给热刺戴上挽具,拉着他走了。

一连一周多,他天天来拉热刺,每当哈利要谢他或夸赞他心好时,他都一笑置之,说只是热刺刚好走运罢了,因为他自己的马需要在马棚里休息,否则会累坏。

杰瑞的病情一天天好转起来,不过医生叮嘱他一定不能重拾旧业了,否则活不久。两个孩子经常一起商讨爸爸妈妈会做什么、自己能做什么补贴家用。

一天下午,热刺回家时浑身湿透,满是污泥。

"满大街都是稀泥,"理事说,"孩子,要给他擦洗干净,你得累得满头大汗了。"

"没关系,理事,"哈利说,"给他擦洗好我再离开,你知道我爸爸一直这样训练我。"

"真希望所有男孩都能像你这样训练有素。"理事说。

哈利正用海绵刷掉热刺身上和腿上的泥污,多莉进来了,好像有什么事。

"哈利,谁在菲尔斯托住?妈妈刚收到一封从那儿寄来的信。她似乎很兴奋,赶忙跑上楼给爸爸看去了。"

"你不知道?那是福勒夫人住的地方,就是妈妈的老主人,正是爸爸去年夏天碰见的那位夫人,她还给咱俩每人五先令呢。"

"哦！福勒夫人。当然记得，我知道她的许多故事。她给妈妈写信会说什么呢？"

"上个礼拜妈妈给她寄了一封信，"哈利说，"你知道她曾和爸爸说，要是爸爸放弃了跑出租，一定要告诉她。我也想知道她在信里说了什么，进屋去看看，多莉。"

哈利用力为热刺擦洗身体，动作麻利得像个老马夫。没过多久多莉蹦蹦跳跳地回来了。

"啊！哈利，没有比这更美好的事了——福勒夫人让我们都搬走，住到离她近的地方去。她家附近有一间小屋空着，刚好够我们一家人住，那里有花园，有鸡窝，有苹果树，应有尽有！她家的马夫明年春天就要离开了，她想让爸爸接替他。那附近有钱人家多，你也可以找个料理花园或马棚的活儿，或者做门童；那儿有适合我读的学校。妈妈兴奋得哭一阵笑一阵，爸爸也很开心！"

"那的确令人开心，"哈利说，"真是及时雨啊！在那儿，爸爸妈妈都能找到合适的工作。不过，我不想穿上都是扣子的紧身衣服当门童。我想做马倌或是当个园丁。"

事情很快就定下来了，等杰瑞身体一好起来，全家就搬到乡下去住，这里的马车和马匹要尽早卖掉。

这个消息在我听来有点沉重，因为我年纪大了，不可能找到一个更好的下家了。自从离开波特维克庄园之后，杰瑞是让我感到最幸福的主人。但在这里整整三年的包租生活，即便主人待我很好，我的体力也有了很大损耗，我常感觉到自己的身体大不如前了。

格兰特立即说要买下热刺，车站里有几个人说想买走我。不过杰瑞说，无论主人是谁，我都不适合再做包租马了。理事承诺为我找个好的下家，让我安度晚年。

离别的日子到了，杰瑞一直不能出门，所以除夕之后，我再也没有见过他。波莉和孩子们来和我道别。"可怜的老杰克！亲爱的老杰克！我们真希望把你一起带走！"她边说，边把手搭在我的鬃毛上，脸贴近我的脖子亲亲我。多莉也哭了，不住地吻我。哈利不停地抚摸我，心情低落，一句话也说不出。就这样，我和他们道别了，然后被带走，到了一个新的地方。

PART 4

杰克斯和一位心地善良的夫人

我被卖给一个贩卖谷物，同时开面包坊的商人，杰瑞认识这个人，他认为我跟着他会吃得好，而且工作也不会太累。照刚开始的那段时间来看，杰瑞想得没错，而且要是这位新主人在家，我想他们不会让我超负荷拉货。可是有这么个领班，他经常在我的车已经装满了的情况下，要求工人再给我加上货物。赶大车的人名叫杰克斯，总说这重量会超过我的承受力，可那领班总会否决他："一次能拉完的，干吗要拉两次？我更愿意提前完成任务。"

杰克斯像其他赶大车的人一样，总是用控制缰把马头勒得高高昂起，这让我没法使出全部力量拉车，在这儿待了三四个月以后，我发现这份工作让我的身体吃不消了。

有一天我比平常拉得更多，而且有一段上坡路要走。我使出全部力气，可就是拉不上去，走了一会儿又拉不动了。杰克斯很不高兴，拿鞭子狠狠抽打我。"快走，你个懒惰的家伙，"他骂道，"不然就吃我的鞭子。"

我拉起货物又走起来，挣扎着走了几步。鞭子又打下来，我又往前跟跄了几步。那结实的大鞭打在身上，火辣辣地痛。可比起身体的疼痛，我的心痛得更厉害。拼了全部力气干活，还要被打挨骂，这真让我难以忍受、心灰意冷。当他又一次狠狠打我的时候，一位夫人快步走向他，说话的声音柔里带刚：

"哦！请停下手中的鞭子。我看到他在努力拉了，只是路太陡，我确信他已经尽力了。"

"要是尽了力都拉不上去这点货，那对他必须再狠点了，夫人，这就是我的经验。"杰克斯说。

"可这难道不是很重的一车货吗？"她说。

"是，是，很重，"他说，"可那又不是我的错。我们出发时领班刚好过来，让我又加上一百三十公斤重的货物，这样他就省事了，我没有办法，只能尽力赶车啊。"

说话间，他又举起鞭子，那位夫人赶忙说："求你了，住手吧！如果你愿意，我来教你怎么赶车。"

杰克斯大笑起来。

"你看,"夫人说,"你都没有给他好好干活的机会。你用控制缰把他的头高高吊起,他就没办法把全部力气用在拉车上。要是你把控制缰卸下来,我敢说情况会好很多——卸下来吧,"她用令人信服的语气说,"如果你愿意,我会很高兴的。"

"好吧,好吧,"杰克斯说,发出一声短促的笑,"我当然愿意为您效劳。夫人,您觉得控制缰应放到多低?"

"完全放低,让他的头完全自由活动。"控制缰卸掉了,我立刻把头低到膝盖那儿。太舒服了!然后我上下晃动脑袋,缓解一下酸痛僵硬的不适感。

"可怜的家伙!你自由了,"她说,还用她温柔的手拍拍我、抚摸我,"现在,如果你对他温和友善地讲话,在前面拉着他走,我相信他一定能拉上去。"

杰克斯挽起缰绳。"走吧,小黑。"我梗着脖子,把全身力量都集中到颈上。我不遗余力地拉,沉重的货车移动了,一步一步稳稳地被我拉上坡,最后我站着喘口气。

在我爬坡期间,夫人一直跟着我们在马路牙子上走,见我停下，她走了过来。她摸摸我的脖子，又拍一拍，啊，很久没有人对我如此亲昵了。

"你看到了吧，只要你方法正确，他是很愿意卖力的。我相信他脾气很好，我敢说，他以前的主人对他一定很不错。你一定不要再给他戴上控制缰了，可以吗？"因为这会儿杰克斯正准备重新给我套上控制缰。

"好啦，夫人，我不否认，是不戴控制缰让他成功把车拉上了坡，而且我记住了下次爬坡时也得这么做。可如果我的马就这样不戴控制缰跑来跑去，我那些赶车的同伴会笑话我。你看，这是约定俗成的规矩。"

"难道倡导一种好的风尚不比遵循一种坏的更可取吗？"她说，"许多绅士现在都丢弃控制缰了，我家拉四轮马车的马有十五年没用这东西，他们不像戴了控制缰的马那样容易疲惫，而且折损得也慢，"她用坚定的声音继续说道，"我们没有权利毫无理智地折磨上帝所创造的物种，我们叫他们沉默的畜生，他们是沉默，因为他们不会用语言来表达自己的感受，可不会说话，不等于他们感受不到折磨。也许我不能再耽搁你的时间了，感谢你听从了我的建议，我相信你一定会发现我所说的要比鞭子效果更好，祝你好运。"她又用那柔软的手拍拍我脖子，然后款款地走过马路，从此我再也没见过她。

"她可真是一位淑女，她的言行有种强大的说服力，"杰克斯自言自语，"她对我说话彬彬有礼，把我当绅士一样看待，不论怎样，我会采纳她的建议，至少是上坡的时候。"平心而论，他把我的控制缰松了好几个洞眼；而要爬坡时，我可以完全不受控制缰的控制；可说到底，那沉重的货车又怎能让我轻松。优质的食料和良好的作息可以让马在繁重的工作后恢复体力，可是没有哪匹马能承受超负荷拉车。不久我便体力不支，所以主家买来一匹壮年马匹顶替我的工作。在这儿，我还想说说让我体力透支的另一个原因。以前只是听其他马说，可自己并没经历过，那就是待在光线昏暗的马棚——只在马棚尽头有扇小窗，所以几乎是黑的。

这除了让我心情压抑，还让我视力受损。当人们把我从黑暗的马棚突然拉到太阳光底下时，我的眼睛会有强烈的刺痛感。有几次我几乎被门槛绊倒，看不清到了哪里。

我相信，如果我在那儿待久了，我会变成半盲，那太不幸了,因为我听人们说过,驾驶全盲的马比驾驶半盲的马安全,因为这种模糊不清的视觉会让马变得胆小畏缩。不管怎么说,我还是躲过了让视力永久受损的命运,因为后来我被卖给一个较大的出租车马商。

艰苦岁月

我的新主人让人过目不忘:他眼睛乌黑、鹰钩鼻子、满嘴龅牙,跟个哈巴狗差不多,说话时声音刺耳,就好像车轮碾过石子路发出的声音。他名叫尼克拉斯·斯金纳,我感觉他正是以前可怜的山姆受雇的东家。

人们常说眼见为实,可我认为感受到的才是真的。因为尽管我见得那么多,可直到现在,才真正领教什么叫出租马的苦难生活。

斯金纳收购的都是破败不堪的马车,雇用的都是品质最恶劣的车夫。他压榨车夫,车夫压榨马。在他的地盘上,我们没有礼拜天,即使烈日炎炎。

有时，在礼拜天早上，会有一群放荡不羁的男人全天包下我拉的车。四人坐在车厢里，剩一个和赶车的并排坐外面。他们要去十几公里之外的乡下兜风，然后再回来。即便坡路再陡，天气再热，他们也不会下车自己走两步——除非车夫担心我确实拉不动时。有时我既累又中暑，几乎连东西都吃不下。想想过去，天热时，每到周六晚上，我就盼望吃到杰瑞做的糠皮粥，里面拌点硝石，吃了可以给我解暑，浑身舒畅。然后我就无忧无虑地享受那两晚加完整礼拜天的休息，赶到周一早上干活时，我精神好得像小伙子一般。可这儿没有休息，车夫和老板一样铁石心肠。他那鞭子末端专门系了一个锋利的硬物，有时能把我打出血。他会狠心地把鞭子甩到我肚皮上，再顺势从我头上滑出。受尽百般凌辱，我心如死灰，可我依旧尽力干活从不忤逆，因为姜蜇说，忤逆没用，人终归比牲口强势。

我的生活如今悲惨到了极点，我真希望像姜蜇那样，在干活过程中倒地而死，这样就能彻底摆脱痛苦，有一天我的这个愿望差一点就实现了。

早上八点到车马出租站，接了好几趟活儿之后，有人要我们拉他去火车站。把客人送到之后，正好有一辆长长的火车马上要进站，所以我的车夫把车停在一些接客出站的马车后面，好等出站的乘客。火车很满，前面所有马车都被搭乘走了，我们的车也有人来坐。是一家四口人，一个脾气狂暴、大吼大叫的男人带着妻子、儿子、女儿，还有一大堆行李。妻子和儿子先上了车，男人正安顿行李，那小女孩走过来看我。

"爸爸，"她说，"我觉得这匹可怜的马拉不动我们，拉上这么多行李肯定走不远，他太虚弱了，你来看看。"

"哦！他没问题，小姐，"车夫说，"他可强壮了。"

正在搬箱子的搬运工也建议那位绅士再叫一辆车，因为行李太多了。

"你的马到底拉不拉得动？"那个咆哮的男人问。

"哦！当然能拉动。搬运工，把箱子搬上车吧，他拉这点轻而易举。"车夫边说，边帮忙把一个特别重的箱子举上车。我都感觉车身整个往下陷了。

"爸爸，爸爸，还是再叫一辆车吧，"小女孩恳求着说，"我觉得我们这样做不对，太残忍了。"

"少废话，格蕾丝，快上车，不要大惊小怪。商人哪有那闲工夫打车前还仔细检查车的——车夫当然比我们清楚。快进来，住口吧！"

这位善良的小姑娘只得听话，一箱一箱的行李被抬上来，有的放在车顶上，有的搁在车夫座椅旁边。等一切都安顿好了，车夫习惯性地猛扯缰绳，甩起鞭子，赶着我出了车站。

那马车太笨重，而且从早上到现在，我既没吃东西又没歇一会儿。可我还是尽力拉好车，像往常一样，对残忍和不公平默然承受。

在到路德门山街之前，我走得还好，可到了那儿时，车的重量和疲惫让我忍无可忍。我还是拼命往前走，车夫依旧不停地抽打我。突然，也说不清怎么回事，我脚一打滑，重重地倒在地上。我倒得太突然，再加上马车太重，我感觉自己要咽气了。我一动不动躺着，没有一丝力气动弹，我想我要死了。我只听周围一阵骚动，叫声、咒骂声、卸行李的嘈杂声，可对我这些都像是梦里的声音。

我依稀听到那个甜美、带着怜悯的声音说："哦！可怜的马！都是我们的错。"有人解开勒在我脖子上的皮带，松了松颈圈系带。随后我又听见人说："他死了，再也站不起来了。"之后听见警察的指挥声，可我睁不开眼，只能时不时长长地喘息一声。人们给我头上泼了一盆凉水,嘴里喂了点甘露酒,身上盖了个毯子。不知道躺了多久,我慢慢苏醒过来了,一个温和好听的声音拍拍我、鼓励我站起来。人们又给我喂了些甘露酒,我挣扎了一两次后,终于跟跟跄跄站起来了,人们慢慢拉我走到附近的马棚。这个马棚干净清爽,人们给我喂了热汤,我真是感激不尽。

到了傍晚,我完全恢复了知觉,然后被带回斯金纳的马棚,在那里,我相信人们也尽力帮我康复。第二天早上,斯金纳带了兽医来看我。他仔细检查之后说:"这是由超负荷劳动引起的,不是生病,如果你让他在家休养六个月,他就又可以干活了,但现在他连一点力气都没了。"

"那我宁愿拿他去喂狗,"斯金纳说,"我可没有牧场来养马——他好与不好,不是我要管的事;我的正事是让他们拼命干活直到走不动,然后能值几个钱卖几个钱,卖给屠宰场或别的什么地方。"

"要是他气管坏了,"兽医说,"你让别人杀掉他合情合理,可他并没有。十天后有个马匹交易会,如果你肯让他好好休息,给他喂好料,他也许会好转,到时候拉过去卖,怎么说也比你现在把他皮包骨头地卖掉更赚钱。"

斯金纳听了兽医的建议，很不情愿地下令让人好好喂我照料我，而且令我开心的是，那马倌在执行命令时，可比他主人心甘情愿多了。十天的休养，充足的优质燕麦、干草、糠皮粥，里面掺了亚麻籽，这些东西是让我恢复健康的神丹妙药。亚麻籽糠皮粥太美味了，让我开始觉得活着总比死了好。事故后第十三天，人们拉我去了离伦敦几公里远的马市。我坚信，离开这儿去任何地方都是个进步，所以我昂起头，满怀憧憬迎接接下来的生活。

农夫萨罗德和他的孙子威利

在这次马市上，我发现自己被放到老弱病残马的队伍里——这里有的马瘸了，有的气管坏了，有的年老不中用了，还有一些，与其让他们站在这里，还不如一枪打死对他们更仁慈。

来这儿交易马匹的人，许多看起来和这些待售的牲畜一样破落不堪。有些衣衫褴褛的老人，把自己本可以用来拉点柴火或送车炭的老马或幼马，拉到马市来换上几英镑。有些穷人的马看上去是被累垮了，可他们还是不愿仁慈点一枪打死他，而是拉到马市，就算卖个两三镑也值了。有些人看上去已被生活的贫困与艰难折磨得麻木不仁，不过也有些人，让我心甘情愿用尽我最后的力气为他们效劳，他们是那些贫穷但不失善良的人，衣衫褴褛却依然厚道，从说话的声音就能知道他们很有担当。有一位连路也走不稳的老人十分喜欢我，我也喜欢他，可因为我身子骨虚弱，他最终离开了——真是让人难过！我注意到一个貌似农场主的人，他从交易骏马的片区走过来，旁边跟着个小男孩。他虎背熊腰，脸庞红润而温厚，头戴宽边大檐帽。他走到我们中间，静静地站着环顾一周，眼神中流露出同情。他的目光落在我身上，也许是我那漂亮的鬃毛和尾巴为我的形象加分了吧。我竖起耳朵，盯着他看。

"威利，你看那匹马，他的成长环境一定不错。"

"可怜的老马！"男孩说，"爷爷，您觉得他曾经拉过四轮马车吗？"

"没错！孩子，"说着，农夫走到我跟前，"他年轻时一定很风光。你瞧那鼻孔和耳朵多精巧，脖子和肩膀多有型，这匹马身上有种高贵的气质。"他伸出手温和地拍了拍我的脖子。我心照不宣地把鼻子凑到他跟前。小男孩摸了摸我的脸。

"可怜的老马！您瞧，爷爷，他似乎懂得我们的善意。您能买下他吗？您可以让他像雀夫人一样重返年轻。"

"亲爱的孩子，我没办法让所有老马变年轻；再说雀夫人还没这么老，她只是劳累过度变成那样的。"

"好啦，爷爷，我觉得这匹马也不老，看他的鬃毛和尾巴多有活力。我想让您看看他的嘴，判断他几岁了，尽管他很瘦，可他的眼睛不像一些老马那样深深陷下去。"

老人笑了："好孩子！你和爷爷我一样精通马道了。"

"爷爷，求您了，看看他的嘴巴，再问一下价。我相信他在咱家牧场里一定能变得精力充沛的。"

拉我来卖的人这时插了几句话。

"先生，这小绅士才是相马的行家。事实是这样的，这匹马是前不久拉包租马车给累垮的。他可不是年老体衰，我听马医说，让他休养六个月他准会恢复元气，因为他的气管并没有坏。过去这十天，一直是我照顾他，他是我见过最有良心、最让人愉快的马，您花五英镑买下他吧，保您不会亏，给他一次康复的机会。我敢打赌，到明年开春，他肯定能卖到二十镑。"

老人笑了，小男孩急切地昂头望着爷爷。

"哦，爷爷，您不是说，咱家那匹小马驹卖了五镑都超出您的预期了吗？如果您买下这匹马也不会亏呀。"

农夫缓慢地摸着我的腿骨——我的腿还没消肿，肌肉也还会痛，然后他检查一下我的嘴。"我猜他大概十三四岁，你可以拉他走几步吗？"

我挺起细瘦的脖子，尾巴微微上扬，尽力展示自己的步伐，尽管我的腿走起来有些僵硬。

"你最低多少钱卖？"农夫见我走回来便问。

"先生，说五镑就是五镑，这是我主人定的价，不能再低了。"

"你可真会做买卖，净赚不赔，"老绅士说，摇摇头，不过还是慢慢掏出钱包，"净赚不赔！你还有别的马要卖吗？"说着，他把钱数给卖马人。

"没有了，先生，我可以给你拉到旅馆。"

"太感谢了,我正要回旅馆。"

他们前头走,我被牵着走在后面。小男孩喜笑颜开,老人看着小孩高兴很欣慰。在旅馆我饱饱吃了一顿,然后由我这位新主人的仆人骑着慢慢走回家,住进了一个大牧场。牧场一角有个马棚。我的救命恩人名叫萨罗德先生,他命令仆人一早一晚要喂我干草和燕麦,日间在牧场里溜达,并吩咐威利说:"你负责照管他,我把他托付给你了。"

小男孩身负重托颇为荣幸,并一丝不苟地执行起来。他每天都来看我,有时他专门给我开小灶,比如给我一根萝卜。我也很喜欢他,总是在田野里尾随着他,他亲切地称呼我为老密友。

有时他带他爷爷来看我,他爷爷总是很关心我的腿。

"威利,这是关键,"他说,"不过他的腿在慢慢康复,我想明年春天他会好起来。"

彻底的休息、优质的食料、松软的草皮、适度的锻炼,这些让我不久便身体康健、活力满满。我妈妈给我身体打好了底子,我年轻时又没有劳累过度,所以,比起那些还未成年就积劳成疾的马,我康复的概率要大得多。冬天我的腿恢复得很好,让我觉得自己又年轻力壮了。

春天来了,三月的一天,萨罗德先生决定让我试着拉一下四轮马车。我欣然接受,他和威利赶着我走了几里地。我的腿不再僵硬了,轻轻松松便完成任务。

"威利,他恢复活力了。现在我们要适当让他干点活儿,到仲夏时节,他就会像雀夫人一样健康了。他的嘴完好无损,步伐矫健稳重,是匹好马。"

"哦,爷爷,我很高兴您把他买了回来!"

"我也是,孩子,不过他最要谢谢你。从现在开始,我们要为他寻找一个安静、文明的落脚地,找个在乎他的东家。"

我的晚年家园

夏季的一天,马倌极其用心地为我梳洗打扮一番,我猜到可能我要被卖掉了。他精心修剪我的蹄趾和球节,用焦油毛刷刷油我的脚蹄,还把我的额毛分成两半。挽具也擦洗得锃亮。威利喜忧参半,和他爷爷一起坐进马车。

"如果小姐们相中他，"老人说，"那就两全其美了。走着看吧。"

离开村子走了一两公里路后，我们到了一幢漂亮的矮房子前，房前是草坪和灌木，中间有一条车道通向屋子。威利按响门铃，问布卢姆菲尔德小姐和艾伦小姐在不在家，正好她们都在。因此，威利留在外面，他爷爷进了屋。十分钟之后，他出来了，三位小姐也跟了出来，其中一位高个子，面色苍白，裹着白色披肩，由另一位小姐扶着；这位小姐年纪轻一些，眼睛乌黑，表情喜庆；还有一位，看起来有点气派，她就是布卢姆菲尔德小姐。

她们都过来打量我，并询问一些问题。较年轻的一位叫艾伦小姐，特别喜欢我，她说她对我一见钟情，尤其喜欢我的脸。那位高个子、苍白脸面的小姐说，因为我之前摔倒过，所以有可能还会摔倒，所以，坐在我拉的车上总是不免担惊受怕，要是我真摔了，她就会永远无法摆脱坐车的恐惧了。

"小姐们，你们看，"萨罗德先生说，"许多上等的好马折了腿并不是自己的错，而是由于赶车人的愚昧无知。据我对这马的了解，他折腿一定是这个原因，不过，当然了，我不能替您做决定。如果你们有意向买，可以试一试，马夫会告诉你们他好不好。"

"一直以来，您都在买马问题上给了我们很好的建议，"布卢姆菲尔德小姐说，"所以我很在意您的推荐，如果我妹妹罗维娜不反对，我们便按您说的，坐上试一试。"

双方约定好第二天再来。

第二天早上，一位长相英俊的小伙子来接我。刚开始他很满意，可当他看见我的膝盖时，便有点失望地说道："先生，想不到，您给我家小姐们推荐了一匹有瑕疵的马啊。"

"好马不只看外表，还要看行为，"主人说，"你只管拉他遛遛看看，想怎么考验就怎么考验。我敢打包票，他拉车绝对一流，年轻人，要是他不如你赶过的其他马安全，尽管给我送回来。"

我被领到新的地方，住进一间舒适的马棚。吃完了马料，就独自待着。第二天，马倌为我擦洗脸时，说道："你头上这颗星好像'黑骏马'头上的那颗，而且你和他个头差不多。我真想知道他如今的去向。"

他继续为我擦洗，当他擦到我脖子上那个当初流过血、后来留下疤的地方时,他几乎吃了一惊,然后便开始仔细全身打量我,并自言自语道:"额头上有颗白星,一只白色蹄子,这个疤的位置也刚好吻合,"然后他看看我的背——"天啊,我是在做梦吗?背上正好有一撮白毛,约翰曾经叫它'美人的三便士硬币'。你一定就是'黑骏马'!天啊,黑骏马!黑骏马!你记得我吗?——乔·格林,那个差点害死你的毛头小子?"说着,他开始不停地抚摸我,我能感觉到他的欣喜若狂。

我说不上自己还记得他,因为站我面前的是一个强壮的大小伙子,留着黑色的胡须,说话坚定有力。不过他一定是认识我的,而且他就是乔·格林,我心里开心极了。我把鼻子伸向他,向他示好。我从未见过这么开心的人。

"想怎么考验你都行!我就该这么想!我想知道是哪个无耻之徒伤了你的膝盖,老伙计!你在外面一定吃了不少苦。好啦,从现在开始,如果你还不幸福,那可不能怪我啰。真希望约翰·曼利在这儿,他看见你会有多开心。"

下午我被套上低低的双轮敞篷马车,拉到房屋前。艾伦小姐要坐一坐,由格林陪同。我很快发现她赶车娴熟,而且对我十分满意。我听到乔向她讲述我的过去,乔很确定地说我就是乡绅戈登的"黑骏马"。

我返回时,其他两姐妹出来问我表现如何。艾伦小姐向她们转述格林所说,然后补充道:"我一定要给戈登夫人写信,告诉她,她心爱的马来我们家了。你们猜猜她会有多高兴!"

在此之后一周左右,我每天拉会儿车,当我的表现证明我拉的车很安全后,罗维娜小姐才敢亲自坐上这辆封闭的四轮小马车。打这以后人们决定让我留下,并用过去的名字"黑骏马"来称呼我。

到现在,我已经在这个快乐的地方住了整整一年。乔是最善良最好的马倌。我的工作轻松愉快,我感觉自己的体力和精神都回到从前。之前萨罗德先生对乔说:"在你们家,他会活到二十岁——甚至更长。"

威利有机会就来和我说话,把我当成他最特别的朋友。我家小姐们允诺永远不会把我卖掉,打消了我的后顾之忧。此时,我的故事接近尾声了。我的苦难劫数都过去了,我终于回了家。我做梦时,总是以为自己在波特维克果园里,和我的老朋友们一起站在苹果树下。